「話は聞かせて貰った」
そんな声と共に扉が開いた。
「どうしたんだシャーロット」
「何やら珍しい動物を拾ったって
噂で聞いて、見に来たんだよ」
ムーシャ
ローベント家の
魔法兵。
おとなしく
控えめな性格。
シャーロット
ローベント家の
魔法兵長。
自由気まま。

「こんこん！」

リオは上機嫌そうだった。

「ふふふ、機嫌が良さそうですわね。今日はいいお天気ですからね。気温もちょうどいいですし」

リシアがリオの様子を見て微笑んだ。

今日の天気は快晴。季節は秋なので、かなり過ごしやすい気候だ。

散歩するには最高の日和と言えるだろう。

リシア
アルスの許嫁。頭脳明晰。

アルス
ローベント家当主。鑑定眼を持つ。

レン
アルスの妹。
リオ
キングブルーと
いう種類のキツネ。
クライツ
アルスの弟。

「仕方ない、予定とは違いますが……」

彼は懐から何かを取り出す。ナイフだ。

と思った瞬間、物凄い速度で動き出し、
私の頭めがけてナイフを突き刺してきた。

「っ⁉」

転生貴族、鑑定スキルで成り上がる

弱小領地を受け継いだので、優秀な人材を増やしていたら、最強領地になってた

6

未来人A

ill. jimmy

デザイン：AFTERGLOW　イラスト：jimmy

Contents

プロローグ

私、アルス・ローベントがこの世界に転生して、十四年の月日が流れていた。

他人の能力を鑑定するという力以外、私は凡人そのものなのだが、領主をやることになったり、戦をすることになったり、大軍に領地を攻められたりと色々あったが、何とか今まで生き抜くことが出来ていた。

前世では結婚することが出来なかったが、この世界ではすでに結婚している。

世の中どうなるものか分からないものである。

私の生まれたサマフォース帝国は、内乱が勃発中の荒れている帝国である。

帝国の名こそついているが、すでにサマフォース帝国は滅んでいると言っていい。

実態は七つの国に分かれて、大陸の覇権争いをしているという感じだ。皇帝にも会ったことがあるが、あまり覇気のある人物ではなく、家臣の傀儡《かいらい》にされていた。サマフォース帝国の復権はもう無理かもしれない。

そんな世の中なので、各地で紛争が起こっているようだが、私の住むミーシアン州のカナレ郡は、クラン派とバサマーク派の戦に決着がついて以降、平和な時が続いていた。

その平和のおかげで、カナレ郡も経済的に順調。

金銭的にも時間的にも、人材発掘を積極的に行う事が出来るようになった。

私の持つ鑑定スキルの力を使い、順調に家臣を増やすことに成功した。

口の上手いヴァージに、フジミヤの三兄弟。また、ミレーユの弟、トーマスも正式にではないが、ローベント家に来た。

また、飛行船開発で出資しているシンの下に、高い才能を持ったエナンを送る事も出来た。

これで飛行船開発のスピードが上がれば、かなり大きいだろう。

どんな飛行船を作ってくれるかは分からないが、出来たら色々なことに使えそうだ。

戦に使えるだろうし、移動手段にもなるだろう。交易でも使えるかもしれない。

とにかくこれからも何事もなく平和が続いて、カナレを順調に発展させることが出来ればいいな、と私は無邪気にそう思っていた。

しかし、この乱世の時代。

いつまでも平和に、安全に生きることは不可能な事であった。

一章　ペット

フジミヤ家の三人が家臣になってから、数ヵ月が経過し、三月になった。季節は秋。

少しだけ肌寒さを感じるが、基本的には過ごしやすい気候の季節だ。

カナレでは収穫祭などの規模の大きな祭りがいくつか開催され、盛り上がりを見せる時期でもある。

フジミヤ家の三人は家臣になってから、よく働いてくれた。

カナレの都市の治安維持に貢献してくれたり、マイカが口をうまく使って、安値で魔力水を仕入れてきたり、まだ重要な役目を任せているわけではないが、任せた仕事は着実にこなしていた。

それから人手不足に悩んでいたミレーユに、三人を貸してくれとしつこく頼み込まれ、ミレーユの元に送ることに決めた。

その後、ミレーユにだいぶこき使われてしまっているようである。

マイカは頭がよく、タカオには肉体労働を任せられる。

リクヤも万能で、色々なことをこなせるので、三人に仕事を任せれば、大抵の事は解決してくれそうである。

ミレーユは、ほとんどやる事がなく暇になっているようだ。サボりすぎていると、ランベルクの代官からミレーユを外すと、今度脅しておこう。放っておくとどこまでも付けあがりそうだからな。

フジミヤ三兄弟は、着実にローベント家の家臣として、実績を積み重ねていた。

数ヵ月の間、新たな人材の発掘も怠らなかった。

様々な人材を発掘し採用はしたが、飛びぬけて有能な人材を確保することは出来なかった。

それでも、魔法適性がそれなりに高い人材を何人か発掘し、魔法部隊を強化することは出来た。

魔法部隊の強化は今、一番優先すべき事項である。

ロセル発案の魔法騎兵隊もまだ作れていない。流石に騎馬適性と魔法兵適性の両方を兼ね備えている人材は、そう簡単には見つからない。しかし、完成させれば物凄く強力な部隊になりそうだ。地道に人材を発掘していこう。

さらに、武勇の高い者を結構発掘することも出来た。

ブラッハムの精鋭部隊に配備し、精鋭部隊はさらに強化された。

ブラッハムも、今ではローベント家屈指の武将だ。

精鋭部隊の練度もかなり上がっているようで、戦になった時はかなり働いてくれること間違いなしだろう。

武勇が高く、兵士としての適性のある者はそれなりに見つかったが、その反面、知略や政治に長《た》けた人材はあまり多く見つからなかった。

　ヴァージが加入してくれたおかげで、リーツの負担も減った。だが、まだ忙しそうにしているので、早く有能な人材を見つけたいところではあったが、これぱかりは運もあるし、どうしようもないな。

　元々、知略や政治が高い人材はあまり多くないイメージがある。ミーシアンには全体的に戦いに長けた者が多いのだろうか？

　新しい人材をまだまだ発掘したいところではあるが、だいぶ人数が増えて、現在の資金では新しい人材を雇うのは厳しくなってきた。

　カナレがもっと成長すれば余裕も増える。それまでは、しばらく人材発掘は中断しないといけない。それから、領地が接しているサイツ州の動きだが、魔力水などを集めたり、兵を増やしたりなど軍事力を上げる動きはしているものの、攻めてきたりはしていない。

　もしかしたら裏で何か工作をしている可能性もある。だが、具体的に何かしているという証拠は摑《つか》んではいない。

　ローベント家にはシャドーという、優秀な密偵がいる。

シャドーには、敵への工作活動はもちろんの事、相手の工作を防ぐ仕事も任せており、どちらも超一流だ。

　簡単にカナレの街中で工作活動など行えないだろう。

　野盗が増えてきているのが、サイツ州の策略の可能性もある。ただ、今のところ兵士が頑張って野盗に対処しているので、被害はむしろ減少していた。

現状軍事力に関しては、カナレ郡だけでもだいぶ強化されている。ミーシアンも統一されて、クランからの援軍も来やすくなっているので、よっぽどのことがない限りは、サイツに攻め落とされることはないだろう。

経済も順調で、人口もまだまだ増加してきている。

カナレ郡の領地経営は、今のところは順調だった。

○

早朝、私は自室で目覚めリシアと一緒に食事をしていた。

「建国祭楽しみですね！」

朗らかな表情でリシアはそう言った。

私は頷《うなず》いて返答した。

「そうだな。あと十日くらいか」

建国祭。

今の時期は、大きな祭りがいくつか開催されるが、そのうちの一つだ。

ミーシアン王国の建国を祝う祭りで、大昔からミーシアン中で行われている。

サマフォース帝国が誕生した今でも、伝統として祭りは続いていた。

「今年も皆さん色んな格好をするんでしょうね～」

リシアがワクワクした様子で言った。

カナレでは、建国祭で仮装をして街を練り歩くという変な風習がある。

ほかのミーシアンの地方には、そんな風習はないらしく、カナレ独自のものだった。

なぜそんなことをするようになったかの、経緯はよく分からない。長く続いている祭りなので、途中で盛り上げるために誰かが考えたのかもしれない。

仮装以外にも出店が大通りや広場に出たり、広場でイベントが行われる。大勢の人が祭りに参加するので、祭り当日は毎年賑《にぎ》わっていた。

「アルスはどんな格好するんですか？」

「私か？　まだ決めてないな……」

「じゃあ、わたくしがアルスに似合う衣装を考えてあげますわ！　うーん、アルスは女の子の衣装も似合う気がするんですよね……メイド服とか……」

「ま、待て！　どんな格好をさせるつもりだ！」

「そうですよね……流石に領主が給仕の格好をするのは問題があるかも……」

「いや、そういう意味で言ったわけではないんだが……」

このままリシアに考えさせたら、とんでもない格好をする羽目になりそうだ。

「い、衣装については自分で考える……」

「そうですか？　遠慮なさらないで良いのに……」

リシアは少し残念そうな表情を浮かべていた。

「大丈夫だ。とにかく無事開催できるよう準備を進めていかないとな」

「そうですわね！」

私は建国祭について話すための会議に向かった。

○

建国祭、当日。

あれから準備を着々と進めていき、無事開催することが出来ていた。

祭りにはもちろん参加する。

領主としてもこういうイベントには積極的に参加した方が、領民の心証も良くなるだろう。

私は、リシア、家臣たちと共にカナレの大通りを歩いていた。

仮装した大勢の人々が楽しそうに歩いている。

道の横には露店が立ち並び、活気にあふれていた。

何回かカナレの建国祭に来たことがあるが、以前はここまで人が多くはなかった。人口が増加し

たことで、祭りの参加者も大幅に増加したようだ。

「人が多いですね～、皆様、色んな格好してますわ」

一緒に歩いていたリシアが、街中の様子を見て目を輝かせながらそう言った。

建国祭ということでリシアも仮装している。

黒いローブを身に着けており、魔女みたいな格好だった。

割と似合ってて可愛い。

私は白衣を着ており、医者みたいな格好をしていた。

リシアに女子の格好をさせられそうになったので、自分で選んだ。無難で特別恥ずかしくもない服装だ。

家臣たちも仮装をしている。

リーツはヨウ国の衣装を着ていた。フジミヤ家から教えてもらって、その格好を選んだらしい。剣を装備しており、いつでも戦えるようにしている。

シャーロットは、メイド服を着ていた。

ミレーユは執事服を着ており、男装していた。

こうしてみると、イケメンに見える。

「どうして俺はこんな格好……」

ロセルは恥ずかしそうに歩いていた。女装をしていた。

「似合ってるよ～」

シャーロットがニヤ付きながらそう言った。

「アタシが男の格好するから、アンタは女の格好すべきでしょ」

「どういう理屈ですか⁉」

どうやらミレーユに半ば強引に女装させられてしまったらしい。かわいそうに。でも似合っているのは間違いない。元々、中性的な顔立ちだからな。

「気を抜くな。今回は見回りも兼ねているんだ。人が増えて、どんな輩《やから》が祭りに現れるか分からないからな」

リーツが浮かれている皆を注意した。

参加する人数が増えれば増えるほどトラブルの種も増える。見回りは絶対にやらないといけないことだった。

サイツが何らかの工作を仕掛けてくるという恐れもある。

この祭りが失敗に終われば、領民たちはがっかりしてローベント家への評価が下がるかもしれない。それは避けたかった。

私たち以外にも、ブラッハム隊、フジミヤ家などが別の場所で見回りを行っている。

兵士たちが大勢で祭りの中をうろついていたら、領民たちの不安を煽《あお》って祭りを楽しむどころじゃなくなるかもしれないので、全員仮装していた。

ブラッハムとかが、仮装したことに浮かれて、警備を忘れてただただ祭りを楽しんでいないか心配だ。まあ、奴も成長したし、副隊長のザットも付いているから大丈夫か。

私たちが露店を見ながら大通りを歩いていると、

「あ、アルス様だ！」

私に気づいた子供が指差しながら言った。

今の私は白衣を着ているが、大きく見た目が変わる仮装ではない。

気づかれる時は気づかれるか。

子供の声で私の存在に大人たちも気がついたようだ。

「アルス様！」「いつもありがとうございます！」「景気良くなってうちの宿屋も絶好調です！」

領民たちは朗らかな表情で声をかけてきた。

普段も街を歩く事はあるが、頻繁に話しかけられるという事はない。

気づかれてはいるが、やはり領主なので気軽に話しかけてはいけないと思われているのだろう。

今日は祭りなので、話しかけやすい雰囲気になっているようだ。

「アルス様は領民の声をよく聞いてくれるし、良い領主様だよ～。これからもずっと領主でいて欲しいねぇ～」

「カナレも戦で危なくなったけど、勝ったおかげでこうしていつも通り建国祭を行えているし、本当にアルス様のおかげだ！」

領民たちは私をめちゃくちゃ褒めてきた。

褒められて悪い気はしない。

戦に勝てたのは、家臣たちのおかげで私の力ではないが、家臣たちの働きを褒められるのは自分のことのように嬉《うれ》しかった。

領地経営など本当に出来るのか最初は不安だったが、今のやり方で間違いはないようだ。

大通りを歩き続け、問題は特に発生しない。

そう思っていたが、何やらいきなり大通りがざわざわと騒がしくなり始めた。

「何かあったのか？」

私たちは歩みを止めて、周囲の様子を確認する。

すると、棍棒《こんぼう》を持った大柄な男が、露店を破壊しようとしているのが見えた。

リーツが即座に反応し、男の近くまで瞬時に移動して手首を掴む。

「ぐっ！　な、う、動かねぇ！」

リーツの強い力で掴まれて、男は腕を動かせなくなる。その後、握力も失い、棍棒を落とした。

リーツは男の首に剣を押し当て、

「動くな」

と脅した。

男は悔しそうな表情を浮かべて、その場にしゃがみ込む。

これで騒ぎが収まると思ったが、別の場所で「キャー!!」と女性の悲鳴が上がった。

しかも、一ヵ所ではなく複数ヵ所で悲鳴が上がっている。

大通りの騒ぎは大きくなる。

明らかに異常事態が発生していた。

「シャーロット、皆に大通りで異変ありと、知らせてくれ」

「了解～」

と言ったあと、シャーロットは音魔法を使用した。別の場所をパトロールしている、ブラッハムやフジミヤ三兄弟に合図を送った。

かなりの騒ぎになっているので、今ここにいる者たちだけでは対処は難しい。

シャーロットの音魔法が街中に鳴り響く。領民たちはその音でさらに不安になったのか、騒々しさが増していた。

「なぜ露店を襲撃した？」

リーツは男に質問した。今起こっている騒ぎにこの男が関与している可能性は高い。まずは情報を引き出すべきと考えたのだろう。

男はリーツの質問に対し、黙秘していた。

喋《しゃべ》る気はないようだ。

「アンタ、痛い目を見たくないなら喋った方が良いよ」

ミレーユがそう言った。

男は黙秘したまま、ミレーユを睨《にら》み付ける。

「良い度胸じゃないか。リーツ、こいつから情報を引き出すのは、アタシに任せてアンタはほかの場所の騒ぎを収めに行きな」

「了解」

ミレーユが男を連れて、場所を変える。見られたくないことをするつもりなのだろうか。

「シャーロット、アルス様たちの護衛を頼む」

「はーい」

そう言い残してリーツは騒ぎを抑えに行った。

実際に問題が起きてしまうと、私が戦えないせいで足を引っ張ってしまうな。

これればかりは仕方ないか。リーツたちの報告を待つしかない。

「うーん、大通りで同時に騒ぎが起きる……誰かの策略かもしれないね。もしかしたらサイツの工作かもしれない」

ロセルが現在の状況を分析していた。

どういう狙いがあるかは、ミレーユが情報を引き出すことに成功すれば分かるだろう。

しばらくして、騒ぎが収まってきた。

シャーロットの合図で援軍が迅速に来てくれたおかげだろう。

れたのだろうか。

「終わったよー」

ミレーユが戻ってきた。男も一緒だ。がくがくと震えている。外傷は負っていないが一体何をさ

怖くて具体的な方法を聞くことは出来なかった。

「どうも誰かに雇われて襲撃をしたみたいだね」

「雇われた？　誰に？」

「詳しくは知らないそうだが、金払いは良いみたいだから、多分貴族か商人のどっちかだ」

「となると……やっぱりサイツの工作の可能性が高いのかな……祭りをめちゃくちゃにしてカナレにダメージを与えたかったとか」

「その可能性もあるけど……工作にしちゃ、やり方がお粗末だね。こんな素人にやらせるなんて」

ミレーユとロセルが考え込んでいた。

しばらくすると、リーツが戻ってきた。男から聞き出した情報をリーツと共有する。

「なるほど……何者かに雇われてたんですね……こちらは騒ぎを起こしていた男たちを全て捕らえました。全部で九名なので、その男を含め十名みたいです。今、ブラッハムとザットが事情聴取をしています。彼らを雇った人物が分かればいいのですが……」

そう報告してきた。問題を解決することが出来るようだ。

少し騒ぎにはなってしまったが、リーツが迅速に捕縛してくれたおかげで、大きな騒ぎにはなら

なかった。ただ、露店は何軒か壊されてしまった。迅速に修理をしているが、売り上げが落ちてしまうのは間違いないだろう。

幸い怪我人は出ていなかった。人間は攻撃されていなかった。襲撃犯たちもそこまで外道ではなかったようだ。

誰が何の目的で襲撃を起こしたのだろうか？

やはりサイツの工作か？

早く理由を調べないと、また同じことが起こる可能性もある。

「今から僕もブラッハムたちに合流します」

「私も行っていいか？」

「え？　アルス様は祭りをお楽しみになってください」

「いや……このままだと気になって純粋に楽しめないし……」

「そうですか……僕の近くにいた方が安心ですし……一緒に行きますか」

リーツの同意を得た。リシアも異存はないようで、私たちは全員で事情聴取が行われている場所に向かった。

場所は街中にある警備兵の詰所だった。

普段から犯罪者を収容するために使われている。

九名の男たちが拘束されていた。ブラッハムとザット、それからフジミヤ家の三人が事情を聞いている。

「情報は聞き出せたか？」

リーツがブラッハムに尋ねた。

「いや、こいつら口がかたくて何も言わないんですよ！　ムカつく奴らだ！　祭りを妨害するなんて‼」

ブラッハムは怒っているようだった。格好はリーツと同じく、ヨウ国風の衣装を着ている。さらに、祭りで買ったと思われる、派手な首飾りを身に着けていた。かなり祭りを満喫していたようだから、怒りも深いのだろう。

「ここはアタシの出番だねぇ」

情報を聞き出せなかったと知って、ミレーユがそう言った。

「坊やたちには刺激の強い光景になるかもだから、外に出た方がいいよ」

ニヤリと微笑みながらミレーユは言った。

「わ、分かった。任せる」

「そ、そうですわね」

私たちは建物の外に出て、ミレーユが情報を聞き出すのを待った。

数秒後、建物内から、「喋る‼　分かった喋る‼」と悲鳴が上がったと思うと、

「終わったよ～」

部屋の中からミレーユの声が聞こえてきた。

その言葉を聞き、私たちは詰所の中へと戻る。

「どうやら商人が彼らを雇ったみたいだね。アポッタって奴だ。知ってるかい？」

リーツがアポッタの名を聞き驚いていた。

「アポッタ！　カナレの中では結構名の知れた商人だ。もちろん知っている。彼が何のために？　もしかしてサイツと繋《つな》がっていたのか？」

「アポッタがこいつらを雇った具体的な理由までは奴らも知らないようだ。ま、それはアポッタから直接聞けばいいだけの話だね」

商人の仕業のようだ。何のために祭りを妨害したのだろうか。とにかく、ここでアポッタを捕まえれば、祭りがこれ以上邪魔されることはないだろう。

「全く金のために祭りを妨害するなんて、しばらく牢屋《ろうや》に入って反省していろ！　皆、祭りを楽しんでたんだぞ！」

理由を知ったブラッハムが犯人たちに怒っている。

「べ、別に金のためだけじゃねぇ……」

男の一人が怯《おび》えた様子で口を開いた。

「金のためじゃなかったら何なんだ！」

「ムカついたんだよ。俺たちは明日食べる物があるのかも分からない状況で生きてんのに、この街の連中はのんきに祭りの準備をしてやがる……ぶち壊してやりたいと思ってたんだよ」

憎しみに溢《あふ》れた目で男は言った。

「な、何だと？　身勝手な奴だ！」

ブラッハムは言い返す。

「ふん、まともに食える職についてるお前らには分からねぇよ……」

最初から理解してもらえるとは思っていなかったのか、男は諦めたような表情でそう言った。

この男たちはどうやらカナレで職にあぶれて、生活に困っている者たちのようだ。

全員年齢はまだ若い。衣服はボロボロで、確かにお金はあまり持っていなそうだ。

当たり前の話だが、全員が幸せに暮らすことの出来る街というのは存在しない。カナレも例外ではない。祭りで楽しんでいる人の裏には、苦しい生活を強いられている人もいる。

人口が増加すれば、それだけ苦しんでいる人の数も増えていく。

この男たちも、人を傷つけなかったことから、根っからの外道ではないだろう。

出来れば更生のチャンスを与えたい。

私は男たちを鑑定してみた。

特別高いステータスを持った者は一人もいなかった。

全員、現在値がかなり低い。現時点では長所なしと断言していい位だ。

だが、低いのはあくまで現在値だ。

限界値に関しては、それぞれ一つは長所があった。

きちんと成長しさえすれば、働き口の一つはあるはずだ。

「お前たちは罪を犯した。物を壊しただけで、人は傷つけてないから、そんなに大きな罪じゃないが、それでも罪は罪だ、償ってもらう」

私は男たちに語り掛けた。

「ふん、どう償えってんだよ」

「お前たちが与えた損害の分、働いてもらう」

「はぁ？　俺たちは仕事がないんだよ。何も出来ないはみ出し者だからな！」

困惑したように男は言った。

「いや、お前たちにも長所はある。今はまだ発揮できていないようだけどな。お前は戦う才能があるようだ。兵士に向いてるぞ」

「兵士？　お、俺は図体はデカいが、動きがトロいから戦いには向いてねぇんだよ！」

「そんなことはない。訓練すればある程度素早くなるさ。お前は明日から訓練兵としてカナレ軍に加わるんだ」

男はかなり驚いている。

「そして、そっちのお前は地頭《じあたま》がいいようだし、商人の下で働くといい。働き口は紹介しよう」

「あ、頭がいい？　そんなこと言われたことねぇぞ俺⁉」

男は驚いていた。まあ、現在値は15くらいだからよくはないだろう。しかし限界値は60あるので、勉強すればそこそこ出来るようにはなるはずだ。

そんな感じで一人一人に向いた職を言って、紹介先で働くように命じた。

「坊やは優しいねぇ～、処罰しなくてもいいのかい？」

ミレーユがそう言ってきた。

「言っただろ。働いて返してもらうって。それが奴らに対しての罰だ。そのあと、ちゃんと改心して、ずっと仕事を続けてくれれば、労働力も増えてより良いだろう」

「連中が変わるとは限らないよ？」

「その時はその時だ」

彼らはまだ若い。

更生のチャンスは与えたいと思った。


それから建国祭は無事に終わった。

アポッタはすぐに捕まえた。そのおかげか二度目の騒ぎが起こる事はなかった。

アポッタの目的だが、どうもサイツとは無関係で、同業のライバルが建国祭で大きく売り上げを伸ばすので、それを邪魔すればライバルの力を大きく削《そ》げると考えて、今回の犯行に及んだようだ。

もしアポッタのたくらみが成功していれば、領民が楽しみにしていた建国祭がぶち壊しになってしまっただろう。流石にちゃんとした処罰をすることになった。

ちなみに捕まえた男たちは、無事仕事を始めたようだ。

流石に領主の紹介といっても、犯罪者を雇いたいところは少なく、難色を示されることが多かったが、口の上手いヴァージの力も借りて渋々承諾させることが出来た。

後は彼らが真面目に努力をして、仕事を続けてくれるのを祈るだけだ。

今後は、カナレをより良くするためにも、自分の家臣を増やすためだけではなく、居場所を失った領民に鑑定スキルを使って、働き口を与えていこう。

○

三月十六日、カナレ城。

人材発掘を休止して、暇になるかもと思っていたが、割と忙しい日々を送っていた。

最近、ほかの貴族たちから書状が多く届いたり、カナレに使者を送ってきたりと、外交でやることが多くなり、領主として対応に追われていた。

サイツとの戦に勝利するだけでなく、カナレ郡を急成長させたことで、周囲の貴族たちのローベント家に対する評価がさらに上がったからだろう。

来客に対応となると、領主である私が出ないわけにはいかない。準備も色々しないといけないし、休む暇は少なかった。

今日も対応を終えた後、自分の部屋に帰っていた。

「毎日来客続きだと、少し疲れますわね」

「そうだな……」

と私の隣を歩いていたリシアが、苦笑いをしながら言った。私は頷きながら返答する。

「いつも付き合わせてすまない」

「アルスの伴侶として、当然のことですわ！」

妻であるリシアも、一緒に来客に対応していた。

正直私よりリシアの方が気が利くし、喋りや交渉なども上手なので、かなり助けられている部分がある。

私も、もっと成長しないといけないいな。


「兄上!!」


突然、背後から声をかけられた。

弟のクライツの声だ。

そもそも私を兄上と呼ぶのはクライツしかいない。妹のレンは兄様って呼ぶからな。

振り返るとクライツとレンがいた。

二人とも困ったような表情だ。クライツが何かを抱きかかえている。

物ではない。

青い毛に覆われた動物だ。大きな耳、太いもふもふとした尻尾。

目はつり目。キツネのような見た目の動物だった。

何でクライツがキツネを抱いてるんだ？　というかこの世界にキツネなんかいたのか？

私が疑問に思っていると、

「こいつが城の隅で震えてたから、拾ってきたんだ」

とキツネ……のような動物を拾った経緯を、クライツが簡単に説明した。

毛は青だが、それ以外は私の知識にあるキツネと完全に一致している。

まあ、私が知らないだけで、地球にも青い毛のキツネはいるのかもしれない。

転生してから様々な動物を見てはきたが、キツネは初めて見た。

転生してすぐの頃は、翼の生えた犬を見て驚いたが、このキツネは毛の色以外に変わった点は、
ぱっと見、なさそうだ。

「見たことない動物ですわ……アルスは知っていますか？」

「多分キツネという動物だと思うが……聞いたことないか？」

「キツネ……初耳ですわね」

リシアはキツネを見てそう言った。

やはりカナレ郡でキツネは珍しいのか？

「でも、野生動物にしては大人しく抱っこされてますわね」

「というより、どこか苦しそうじゃないか？　もしかして病気？」

キツネの様子を見て私はそう思った。

息も荒いし、小刻みに震えている。明らかに普通の様子ではなかった。

「多分この子お腹減ってるんじゃないかな？」

レンがそう言った。確かにその可能性もあるな。

一日何か食べさせてみれば、元気になるかもしれない。

「でもこいつ何食べるんだろう」

クライツが首をかしげる。

そういえばキツネって何を食べるんだろうか？　確か雑食だったような……。

でも、それはあくまで地球のキツネの話なので、この世界だとどうかは分からない。

肉しか食べない可能性もあるし、逆に草食である可能性もある。

「とりあえず厨房《ちゅうぼう》で食材を貰《もら》ってきてみましょうか。人間の食べ物の中にも、食べられる物があるかもしれません」

リシアがそう提案する。

「何を食べるか分からない以上、それしかないか。早速貰ってこよう」

長時間このままにすると命が危ないかもしれない。私はすぐに厨房に向かう。

「わたくしも手伝いますわ」

リシアが付いてきた。

レンとクライツも行くと言ったが、二人にはキツネの様子を見ていてもらうことにした。

厨房に到着。

料理人たちから肉、野菜、ミルク、卵などいくつか食材を貰った。

量が多かったので、リシアも一部を持ってくれた。

急いで戻る。

食材を並べてみる。

ミルクに反応を示し、勢いよく飲み始めた。

「おお、飲んでる！」

「ミルクが好きなんだね！」

クライツとレンが嬉しそうにキツネの様子を見る。

持ってきた分はすべて飲んだ。

腹が減って元気がなかったという予想は、当たっていたのかもしれない。

ミルクを飲み干した後、キツネは目を閉じて眠りについた。

「寝ちゃったよ！」

「腹が満たされて眠くなったのか……廊下で寝かせておくのも可哀想だし、部屋に運ぼう」

「うん！」

私たちはキツネを部屋に運び込む。

メイドたちの力も借りて、キツネの寝床を作り、そこにキツネを寝かせた。

「元気になってくれたらいいな～」

レンがキツネを見てそう言った。

しかし、このキツネは、どこから入ってきたのだろうか。

そもそも助けて良かったのか？

地球のキツネはそこまで危険な動物ではない。

だが、この世界のキツネがどうかは分からない。

弱ってたから何もされなかったが、元気になったら狂暴化して襲い掛かってくるかもしれない。

毒を持っている可能性だってある。

寝ている姿を見る限り、可愛いだけでそんな事はないとは思うのだが……。

たくさん本を読んでいるロセルなら、この世界のキツネがどんな特徴を持っているのか知っているかもしれない。

聞いてみた方がいいかもしれないな。

キツネの特徴を尋ねるより、このキツネを直接見てもらった方が判断し易いだろう。

私はロセルをこの部屋に呼ぶことにした。寝床作りを手伝ってくれたメイドに、ロセルを呼んできてくれるように頼む。


数分後、ロセルが部屋にやってきた。

「な、何それ……？」

キツネを見てロセルは震えていた。

ロセルも知らないのか？

それとも危険な動物だった？

「城に迷い込んでいた動物なんだが……」

「あ、そうなんだ。ペットにしたって言うのかと思ったよ」

ロセルはほっと胸を撫《な》で下ろした。

「飼うのはまずいのか？」

この世界のキツネは、危険な動物なのか？

「まずいよ。俺、動物苦手なんだ」

かなり個人的な理由だった。

ロセルは猟師の息子だったはずだが、動物が苦手なのか。

「あ、今、猟師の息子なのに、動物苦手なのか……って顔したね！」

鋭い。そんなに顔に出ていたのか？

「猟師だから、動物が可愛いだけじゃないことをよく知ってるんだよ。大体、何考えているのかも分からないし、突飛な行動したりするから読めないし……とにかく苦手なんだ。馬に接するのは慣れてきたけど、ほかの動物はやっぱ嫌だ」

ロセルは早口でまくしたてる。

相当動物が苦手なようだ。

「動物が苦手ってだけで、このキツネが危険があるとかってわけではないんだな？」

「そりゃそうだよ。この辺りじゃキツネって珍しいけど、特別危険ってわけじゃないよ。まあ、油断したら嚙《か》まれることもなくはないけどさ。それは犬とか猫とかも一緒だよね」

ロセルの口ぶりだと、前世のキツネと大きな差はないようだな。考えすぎだったようだ。

「……でもこのキツネ、毛が青いって珍しいね…………ん？　そういえば、毛の青いキツネについて前に読んだ記憶が……」

ロセルはしばらく考え込む。

何かを思い出そうとしているようだ。

「キングブルーだよ、このキツネ！」

「キングブルー？」

「成長したら馬くらいのサイズになるキツネで、たぶんこいつは幼体だよ。動物にしては非常に賢く、走る速度は馬並みに速いらしんだ」

「う、馬くらい？　それはデカすぎないか？」

予想以上の説明に私は戸惑う。

しかも、このキツネはまだ幼体？

私の知ってるキツネの成体サイズくらいはあるのだが。

「幼体ってなんだ？」

「赤ちゃんってことよ」

クライツの質問にレンが答える。

「へー、こいつ赤ちゃんなんだ。だからミルクが好きなんだな〜」

返答を聞いたクライツがそう感想を言った。

「成長したらそれだけ大きくなって、危険はありませんの？」

「基本キングブルーは雑食で、お肉とかも食べるけど、性格は温厚で、人間に危害を加えることは少ないようだよ。と言っても、襲ってきたら危険なのは間違いないけどね」

リシアの質問にロセルが返答した。

「例外もあるけど、人間にはあまり慣れないみたい」

「えー、じゃあ飼えないの？」

レンが不満そうな表情でそう言う。

「うん。てか、もし飼えても飼ってほしくはないけど」

ロセルは頷く。

レンとクライツが少しがっかりしていた。

やはり飼いたいと思っていたようだ。

慣れるなら飼ってもいいと思っていたが、人に慣れないなら仕方ないな。

回復したら野生に帰してやろう。

「でも、珍しい動物でミーシアンにはいないはずだけど。何で城の中にいるんだろうね」

ロセルは首を傾げた。

「本来はどこに生息しているんだ?」

「北の方だよ。ローファイル州とかキャンシープ州とか。でも、南でも生きていけないこともないみたいだけどね。南に少ない理由はよく分かってない。天敵がいたからとかかな?」

基本寒い地方に住んでいるのか。

となるとこのまま野生に帰すのは流石に可哀想だ。

それにミーシアンにいない動物がここにいるのは、何やら事件の匂いがするな。

「こいつが何故ここにいるのか理由を突き止めないとな」

「そうだね……で、でもさ、もしかしてそれまでこのキングブルーは城にいるの?」

「調べるんだし、いてもらった方がいいだろう」

「だよね……そ、そうだ。こいつは動物用の檻《おり》を用意して、そんで首輪で繋いで、暴れたりできないようにしておこう」

「幼体にそこまでする必要ないだろ……」

どんだけ動物が嫌いなんだ……。

人に慣れないなら、逃げる可能性が高い。しばらくは逃げられないようにした方が良いかもな。

「じゃあ俺は行くよ。何でそいつがこの城にいたのか、事情がわかったら教えてね」

そう言い残してロセルは去っていった。

○

翌日。

城内で発見したキツネについて、リーツに報告した。

「キングブルー……ですか……僕も本で読んだ記憶はありますが……なぜミーシアンに？」

「それに関してはまだ分かっていないんだ。調査してくれないか？」

「承知いたしました。一度実物を見てみたいのですが、今はどこに？」

「寝床を作って寝かせてある。私もどうなったか見に行くつもりだったので、付いてきてくれ」

リーツは頷いた。

キツネの寝床を作った部屋に、二人で行くことに。

扉を開けて中を見る。

「え？」

中の光景を見て、私は驚いて声を漏らした。部屋の中にはキツネだけでなく、レンとクライツもいた。

キツネは座ったレンの膝の上に大人しく乗っており、クライツがキツネの頭を撫でている。キツネはどこか気持ちよさそうな表情をしていた。

微笑ましい光景であるが、昨日ロセルから聞いた話とは違う。

キングブルーは人間に懐かないんじゃなかったのか？

「あ、兄様、リーツさん！」

レンがこちらに気がついた。

「見て～、この子自分から膝に乗ってきたんだ！　めちゃくちゃかわいいでしょ！」

レンは目をキラキラ輝かせながらそう言った。

「すごい懐いてるみたいだが、起きたらそうなってたのか？」

「うん！　部屋に来てみたらこの子のほうから来たんだよ！　多分私たちが助けたこと覚えてたのかな？」

「ロセル兄は仲良くなれないって言ってたけど、全くそんなことなかったな！」

クライツも嬉しそうにキツネの頭を撫でる。

「名前もさっき付けたんだよ！　リオちゃんにしたんだ！」

レンが嬉しそうな顔でそう言った。

「そ、そうか。リオか。いい名前だ」

「でしょ～！」

私が来るまでに名前まで付けて……すっかりレンとクライツはメロメロになっていた。

確かに可愛いのは間違いない。

「普通懐かない動物がこんなに懐くものなんだな……」

「赤ちゃんの頃から育てると懐き易いとは言いますし。あと、これは僕が昔聞いた噂《うわさ》なんですが、巨大な青いキツネに乗り戦う戦士が、サマフォース帝国のどこかにいるそうです。見たことはないので噂に過ぎないのですが、もしかすると、キングブルーに乗って戦う戦士がいるのかもしれませんね」

そんな噂が……。

馬並みに大きくなるのなら、確かに騎乗して戦闘することも可能かもな。

キツネ……改めリオは膝から下りると、私の足元に擦り寄って来た。

「あー、兄様の方に行った！　きっと撫でて欲しいんだよ！」

レンがそう言ったので、私は撫でてみる。モフモフとした感触が手を包み込んだ。リオは気持ちよさそうに目を細める。

か、可愛い。


レンとクライツがメロメロにされるのもよくわかる。

今度はリーツの方に行った。

私とレン、クライツは昨日リオと接しているが、リーツは初めて見る人間のはずだ。かなり人懐っこい。人間に慣れないという話は何だったのか。

再びリオがレンの膝に乗った。

「これは何と言うか……どうやらリオを飼うことになるかもしれないな。レンとクライツとこんなに仲良くなったのなら仕方ない。うん、レンとクライツのために飼うことにしよう」

「そ、そうですね……」

リーツが苦笑いをする。

「別に飼うこと自体に問題はないですが、キングブルーは馬並みに大きくなるので、室内で飼い続けるのは難しいでしょう。リオ用の小屋を建てなければいけませんね」

小屋を建てるのか……そう考えると飼うのも大変だな。餌とかも結構食べそうだし。まあ、仕方ないか。

「あら、先にいらしてたんですね」

リシアが部屋にやってきた。リオの様子が気になって来たようだ。

「あら？　ずいぶん仲良くなっているご様子ですね！」

「あ、姉様！　この子リオって名前付けたんだよ！」

「リオさんですか！　わたくしも触っていいかしら？」

「うん！」

リシアがリオの頭を撫でた。

「可愛いですわね～」

そう言いながら撫で続ける。植物を育てるのが趣味のリシアだが、動物も好きみたいだな。

「話は聞かせて貰った」

そんな声と共に扉が開いた。

シャーロットが部屋に入ってきた。

その後、ムーシャが軽く会釈をしながら部屋に入ってくる。

「どうしたんだシャーロット」

「何やら珍しい動物を拾ったって噂で聞いて、見に来たんだよ。わたしに報告しないとは、水くさい」

シャーロットは文句を言ってくる。知らなかったが、シャーロットは動物とか好きだったのか？

「どれどれ、この子か、可愛い～」

シャーロットはリオに近づく。

しかし、シャーロットが近づくと、リオは遠ざかるように逃げて行った。


「え？」


予想外の反応に数秒固まるシャーロット。

再び近づくが結果は同じ。

「……わたしなんか嫌われることした？」

「いや……何でだろうな？」

理由は特に思いつかない。

動物に何故か嫌われる人がいるが、シャーロットはそういうタイプなのか？

今度はムーシャも近づいた。すると、シャーロットのときと同じく逃げ出した。

「えー、わ、私も逃げられちゃいました……」

ムーシャは悲しそうにする。

二人の共通点といえば……魔法兵であるということだ。

「もしかして魔法を日常的に使う人は、動物に嫌な刺激を与えてしまっているのかも知れませんね」

リーツがそう言った。

シャーロットとムーシャがショックを受けたような表情を浮かべる。

「えー……そんなぁ～」

「……わたし、魔法兵やめる」

シャーロットがとんでもない発言をした。

「や、やめる？　馬鹿なこと言うな」

「その子と遊べないんじゃ、魔法兵やってる意味なんかない！　やめてやるー‼」

自暴自棄になったようにシャーロットは叫んだ。

「お、落ち着け！　そんな理由でやめるやつがいるか！」

「そ、そうですよ。シャーロットさんがいなくなるのは流石に困ります！」

「あ、赤ん坊だから刺激に弱いだけで、成長したら近づけるようになる！　馬とかには近づけるだろ？」

私とムーシャ、リーツで必死に説得をする。

「む～……分かった。そこまで言うならやめない」

説得に成功し、シャーロットはやめるというのは取り消した。

危ないところだった……こんなくだらない理由で、ローベント家一の戦力を失ってしまうところだった。

「えーと、私たちがここにいると、その子を怖がらせてしまうみたいなので、もう退散しますね。行きましょう、シャーロットさん」

「はーい」

二人はがっかりした様子で部屋から去っていった。

「なんか、シャーロットとムーシャが落ち込みながら、部屋から出てきたけど、なんかあったの？」

そう言いながらロセルが部屋に入ってきた。

すると、突然リオが走り出して、ロセルに飛びかかった。

「え？」

あまりに突然の出来事で、ロセルは全く反応できなかった。

リオがロセルの胸あたりに飛びついた。

「う、うわあああ！」

飛びつかれてバランスを崩し、ロセルは転倒する。

リオはロセルの顔をぺろぺろと舐《な》めた。

どうやら戯《じゃ》れているようだ。

シャーロットやムーシャとは違い、ロセルはなぜかリオに好かれているようである。

「うわっ！　た、助け……助けて!!」

動物が苦手なロセルには、迷惑な話だったようだ。

必死で助けを求めている。

リーツがリオをヒョイと持ち上げた。

立ち上がったロセルは、部屋の外へ退散する。

「おおお、襲ってきた！　そいつ襲ってきたよ！　危険動物だ‼　檻に閉じ込めないと‼」

「お、大袈裟《おおげさ》な。戯れてただけだろ」

ロセルは大袈裟に怯えていた。

相当動物が苦手なんだな。

「じゃ、戯れるって、キングブルーは人間に懐く動物じゃ……ってあれ？」

リオはリーツから下ろされて、レンの膝に再び乗っていた。

その様子を見てロセルは驚いている。

「めっちゃ仲良さそうじゃん。懐いてるの？」

「ああ」

「本には懐かないって書いてあったけど、嘘《うそ》だったのかな？　まあ本に書かれていることが全部正しいとは限らないしね」

リオの様子を見て、考えを改めたようだ。

「……あの……もしかしてあいつ飼うの？」

「まあ、懐いてるし……本来カナレにいない動物なら、野生に帰すことも出来ないし」

「えええ？？　だ、駄目だよ！　動物を飼うのは難しいんだよ！　キングブルーの飼育法なんて、知ってる人も少ないし、簡単に飼えないよ！」

「それもそうだが……だが、ロセル、レンとクライツを見て、飼うなと言えるか？」

ロセルは、楽しそうにリオと遊んでいるレンとクライツの姿を見て、

「う……」

言葉に詰まる。

「ま、まあ飼うのはいいけど……でも、決める前に何であいつがカナレ城にいるのか、調べた方がいいんじゃないの？」

「あ、そ、そういえばそうだったな」

この部屋に来る前は、リオがなぜこの城にいたのか調べようとしていたんだった。すっかり忘れてた。

「じゃ、じゃあ俺はここで。ここにはあんまり来ないようにしよう……」

呟《つぶや》きながらロセルは去っていった。

確かにロセルの言う通り、何故リオがここにいるのか分からないのに、飼うと決めるのはまずいな。例えば他人のペットが逃げ出して、城に迷い込んだ、とかだったら飼えないし。

リオがだいぶ人に慣れているので、元々野生の個体でない可能性は十分ある。

「それではリーツ、リオについて調査を頼んだ」

「かしこまりました」

　リーツはそう言って、部屋から出て行った。

○

　それから、リオについての調査をリーツは始めた。

　まだ数日しか経っていないので、進展はない。

　リオは、レンとクライツとさらに仲良くなった。城の者たちも好意的な者が多く、リオも人間に慣れるのが早い。

　数日でリオは人気者になっていた。

　もうこのまま飼い続けても良さそうだな。いた理由は気になるが、わからなくても問題はない。

　そんなことを思うようになっていたが、リオについての手がかりは意外と早くもたらされた。


　その日は、カナレ城で定例会議が行われる日だった。

　いつも通り家臣たちが集まり、報告をしていく。

　そして、ブラッハムが報告を始めた。

現在彼の率いる精鋭部隊は、カナレの治安維持活動を手伝っていた。

元々警備兵がカナレの治安を守っていたが、既存の警備兵だけでは力が足りないということで、ブラッハムたちの力を借りている形だ。

最終的には、警備兵の数をさらに増やし、ブラッハムには別の仕事を任せるつもりだと、リーツは言っていた。

「えーと、最近街で活動していた犯罪組織を捕縛しました。商人に扮《ふん》していて、通常の正規の品に交えて、自分たちで盗んだ物を売ってた狡賢《ずるがしこ》い連中です。捕縛したのは良いんですが、ちょっと問題があってですね……」

たどたどしい口調でブラッハムが報告する。

活躍する機会が増えてきたブラッハムであったが、会議で発言することはまだ不慣れのようだ。

「盗品などを押収したのですが、その盗品の中に動物がいまして……その動物が数匹、逃げ出してしまいました……」

「動物？　逃げ出した動物に危険性はないのか？」

リーツがそう質問した。

カナレにおいて動物の取引自体は違法ではない。

ペットを飼うという文化もある。

だが毒を持っていたり、人間を積極的に襲ったりする危険性の高い動物は、カナレに持ちこむことが禁止されている。

　無論、飼ったり売買したりするのも禁止だ。

「いえ、動物は危ない奴じゃないみたいです。取引禁止の動物ではなく、どこかで飼われてたペットを盗んで売ってたみたいですね」

「それならまだ良いんだけど……でもペットなら早く見つけてあげないと」

「そ、そうですよね。カナレの外に行ってしまったら、探しようがないですし。盗品の管理が甘かったです……」

「過ぎたことは悔いても仕方ない」

　悔しがるブラッハムをリーツは慰めた。

「逃げた動物はどんな特徴をしていたんだい？」

「えーと、紙に特徴を描《か》いたので、お配りします」

　ブラッハムはそう言って紙を配っていく。

　この絵を街中に張って、目撃証言を募ったりもしているらしい。

　紙を確認する。

　全部で三枚。

　逃げ出した動物は三匹のようだ。

　一枚目は蛇のような動物。

二枚目は猫のような動物だった。
どちらも見たことがない。
わざわざ盗んで売るくらいだから、珍しい動物なのだろう。
三枚目も確認する。
「……こ、これは」
モフモフの毛、太い尻尾。
見覚えのあるフォルムだった。
絵はカラーではなく白黒だ。
体毛の色などの情報は、文字で書かれている。
確認すると、体毛は青と記載されていた。
「アルス様……これ……」
隣にいたリーツも心当たりがあったようだ。
会議にはリシアや、ムーシャ、ロセルもいた。全員少し動揺している。

「あ、ああ……リオの特徴と一致している……」

私は動揺しながら返答した。

まだ確定したわけではないが、ここまで特徴が一致しているとそうだとしか思えない。

リオは、ミーシアンにはいないはずのキングブルー種だ。

盗まれたペットが城に迷い込んだのだとすると、合点もいく。

もし、本当にリオが盗まれたペットならば、持ち主に返さないといけない。

正直、違うキングブルーであって欲しいという気持ちもある。

私自身リオを飼いたいという気持ちは強くなっていたし、何より一番仲が良くなっているレンとクライツに、どう説明すれば良いのか分からない。

でもまあ、これればかりは仕方のないことではあるか……。


「あれ？　もしかして心当たりある動物がいましたか？」

「この紙に書かれている動物だが……この城で保護しているかもしれない」

「マ、マジですか？　み、見せてください!!」

ブラッハムにそう頼まれた。

断ることはできない。

「分かった。会議が終わり次第、一緒に見に行こう」

「はい！」

○

会議は滞りなく終了した。

それから私、ブラッハム、リーツ、リシアの四人で、リオを飼っている部屋に向かう。

部屋に入ると、
レンとクライツが一緒に部屋で遊んでいた。

「あ！　兄様と姉様とリーツさん！　ハムちゃんもいる！」

「ハム兄、ハム兄！　今度俺と稽古してくれ！」

「妹君と弟君……俺はブラッハムです。変な呼び方はやめてください」

ブラッハムは、レンとクライツに変なあだ名で呼ばれ困り顔をする。

「あはは、妹君だって〜！　変な呼び方してるのはハムちゃんもでしょ！」

「俺も結構強くなったんだぞ！　今なら一本くらい取れるはずだ！」

レンはおかしそうに笑う。

クライツはブラッハムに詰め寄っていた。

ブラッハムはレンとクライツには慕われているようだ。最近成長しているとはいえ、ブラッハムの精神年齢は高くはない。それゆえに子供には人気が出やすいのだろう。

「あ〜、今は仕事中だから遊んでる暇はないんですよ。あと、俺から一本取るのは百年早いですよ」

「な、何ぃ〜⁉」

いなされてクライツは悔しそうにする。

「あいつが城で保護したやつですね……ふむ」

ブラッハムは、リオと紙に書いてある絵を見比べる。

「ほとんど一緒ですね……色も一致してるし……こいつで間違いないようです！　もう見つからないと思ってたので、助かりました！」

ブラッハムは嬉しそうにしていた。

私は複雑な気持ちだった。

リーツとリシアも同じ気持ちなのか、浮かない表情をしている。

「早速、被害者に返しに行きます！」

「早速か？　誰から盗まれたかは分かっているのか？」

「はい！　盗んだ犯人に吐かせて、盗まれた方にも確認を取っているので、間違いないです！」

盗まれた人も分かっているのか。

こうなると止める理由がないな。

リオを盗まれた人も、心配で気が気でないだろう。

早く連れて行ってやらないと。

「……もしかしてリオを連れて行っちゃうの？」

頭の良いレンが、私たちの会話を聞き、リオを飼い主に返すことを察したようだ。

「そうですね。飼い主がいるので、返さないと……って、リオ?」

ブラッハムが首を傾げて考える。

その後、私に小声で、

「あのー、もしかして飼うつもりだったんですか?　名前とか付けてますし……」

と気まずそうな表情で尋ねてきた。

「そうだな……そのつもりだった」

「あー……そうですか……見つからなかったって言ってこのまま飼うのは……」

「駄目に決まっている」

「ですよねー……」

ブラッハムの提案を、リーツが即却下した。

当たり前の話ではあるが、持ち主の分かっている盗品は、必ず返却しないといけない。

「やだ!　折角仲良くなったのにお別れしたくない!」

普段我儘《わがまま》を言わない大人びたレンが、強い口調でそう言った。

相当リオのことが好きになったみたいだ。

「俺ももっとリオと遊びたい!」

クライツもレンと同じ気持ちのようだ。

二人の目には涙が溜《た》まっていた。

心情的には私も二人と同じ気持ちだが、これぱかりは……。

ただ、このまま怒って言うことを聞かせるのは違う。

どう説得するか悩んでいると、リシアが二人の前に行く。

少し屈んで視線を合わせ、話をし始めた。

「二人とも気持ちはとっても分かりますわ。仲良くなったから、お別れするのは辛いものね」

レンとクライツは頷いた。

「でもリオちゃんには本当のお家があって、きっとそこに帰りたいと思っているはずだわ。二人もお家に帰れないのは嫌でしょ」

「……うん、嫌」

「それにリオちゃんを元々飼ってた人も、同じくらい悲しんでると思いますわ。リオちゃんも飼い主の方に会えなくてきっと寂しいと思うの。レンちゃんとクライツ君なら、リオちゃんのためにどうすればいいかは分かりますわね？」

しばらく二人は無言だったが、最終的にコクリと頷いた。

「それに、リオちゃんは同じカナレの街の人に返すのですよね？」

「はい、そうです」

「それならば、許可が取れれば遊びに行ったりもできると思うのですが、どんな方なのですか？」

「えーと……商人の家庭で、年配の方々でしたね。悪い人ではないと思いますが、許可を得られるかはなんとも」

「そうなのですね。でも、安心してください。わたくし人を説得するのは得意ですの。必ず許可を取ってきますわ！」

「あ、姉上」

「姉様！」

レンとクライツは、尊敬するような眼差《まなざ》しでリシアを見つめる。

レンもクライツも勉強や訓練をしているので、暇な身ではない。

さらに、二人だけで行かせるわけにはいかないので、護衛を付ける必要もある。

頻繁には会いには行けないだろうが、それでも全く会えなくなるよりはいいはずだ。

レンとクライツは納得したようだ。

本当は私が兄として説得しないといけなかったが、またリシアに頼ってしまったな。

まあ、上手くいったからよしとしよう。


それから、リオを飼い主の元へと返しに行った。

ブラッハム、リシア、私の三人で行くことにした。返す時にリシアが説得にあたる。

私が行くのは、領主の頼みということで、説得を通しやすくするためだ。

こういう時は、領主パワーを活《い》かしても大丈夫だろう。

リーツも行くと言ったが、今回の護衛はブラッハムがいるので十分だ。

リーツも忙しい身であるので、返却業務まで手伝わせるわけにはいかない。

城にいてもらうことにした。

「リオちゃん、しばらく会えないけど、元気でね」

「次会ったときもいっぱい遊ぼうぜ！」

「コン！」

レンとクライツはリオに別れを告げる。

私たちはリオを返しにカナレの街へと向かった。


数分歩き、飼い主の住む家に到着する。

リオの飼い主は、城の結構近くに大きめの家を構えていた。

カナレの街は、カナレ城に近い場所ほど、裕福な人が住んでいる。

どうやら成功を収めている商人のようだった。

リオのように珍しい動物は、平民が購入出来ない値段だろう。

裕福な家庭なのは当然か。

「すみません～！　アーノルドさん～！」

ブラッハムがやたら大きな声で家主を呼んだ。

ドアの横に呼び鈴が付いている。

用があるときはこれを鳴らせという意味だろうが、ブラッハムは気づいていない。

大声で呼び続ける。

「はい」

家主が出てきた。初老の女性だ。アーノルドというようだ。

「あら、ブラッハムさん。こんにちは！」

「こんにちはアーノルドさん、実は……」

ブラッハムが言いかけたところで、それを遮るようにアーノルドが発言した。

「実はブラッハムさんに伝えたいことがあったの！　逃げ出したっていう、うちのピニャちゃんが昨日の夜、無事にお家に戻ってきたんです！」

「え？」

戸惑うブラッハム。

「ワン‼」

と鳴き声が足元から聞こえた。

下を見ると、青い毛の大きめのチワワみたいな見た目の犬がいた。

この世界の犬は、基本的には翼が生えているはずだが、この犬には生えてない。

「ちゃんとこの家を覚えてたんですね～、えらいねー、ピニャちゃん」

そう言いながらアーノルドは、ピニャの頭を撫でる。

「えーと、そ、その犬が盗まれてた？　犬なのに翼がないんですね」

「ええ！　翼がない珍しい犬種なのよ。可愛いでしょ？」

この世界では、翼がない犬は珍しいようだ。

「ま、まあそうですね」

「あら？　その子は？」

アーノルドが、リオの存在に気づいた。

「可愛いわねその子！　見たことのない動物だし、珍しい子よね！　もしかして、私に売りに来たのかしら？」

「え？　あ、いや、違います！　売り物じゃないです！　見つかったのなら良かったです！」

ブラッハムは慌てて否定する。

「あら、そうなの残念ね……あれ……って、そちらの方もしかして領主様⁉」

今更私に気付いたのか、驚いていた。一応、カナレ郡長をやっているので、カナレ中に顔は知れ渡っている。彼女が知っているのも当然である。

「な、何で突然……も、もしかして旦那が何かやってしまったとか……？」

「え？　いいえ、ちょっとブラッハムと一緒に散歩していただけで……とにかくよかったですね」

変な誤解をされそうになったので、慌ててその場から立ち去った。

「……お、おかしいですね～、ど、どうやら間違いだったみたいですね」

「少し似ていたがな……あの絵はどうやって描いたんだ？」

「えーと、盗賊の話を聞いて、それから隊の中で絵の上手い奴に描かせました」

ブラッハムはそう答える。

つまり実物を見て描いてはいない。

まあ、実物は逃げているので、見て描けるはずはない。

別の動物の特徴を聞いて描いた絵が、たまたまリオとそっくりになったのだろう。

「あの絵はアーノルドさんにも見せたんだよな」

「はい、確かに見せましたが、間違いなく自分のペットだって言ってました……」

まあ、リオとあの犬は似てはいる。青い毛や大きさなど共通点が多い。

イラストを見て、自分の犬だと思っても不思議じゃない。

絵だし多少の違いはあるものだと思うのが普通だろう。

「わたくしが来たのに無駄になってしまいましたね」

リシアは苦笑いを浮かべる。

「でも、リオちゃんは結局なんでお城にいたのでしょうか？」

「確かに……ミーシアンにいない動物なのは間違いないんだし……盗賊とは無関係なのか？」

「うーん……分かりませんね」

ブラッハムは首をかしげる。

「念の為もう一度聞いてみます」

「分かった、頼む」

手がかりを見つけるのには時間がかかりそうだと思っていたが、すぐにリオの正体は分かった。

ブラッハムが捕まえた盗賊に話を聞きに行ったところ、リオは盗賊が盗んだものではなく、自分の手で捕獲した動物だった。

親とはぐれていたところを、売れそうなので捕まえたらしい。

捕縛される前日にリオが行方不明になった。

盗んだ動物に関して聞かれたので、そうでないリオについては黙っていたようだ。

犯罪者の私物については、犯罪者に返却する……なんてことにはならない。

しばらく強制的に重労働をさせることになっている。私財は犯罪者を捕まえた者の物になる。

今回はローベント家家臣のブラッハムが捕まえたので、リオはローベント家の物となる。

今まで犯罪者から没収したものは、一度ローベント家の物になり、換金。

そこからいくらかを、情報提供者に報酬として渡したり、犯罪者を捕縛するのに功績を残した家臣に、報酬として支払う。

ローベント家の金庫にも多少は入るが、あまり多くない。

無論私財を大して保有していない場合もある。

その時は、普通に手持ちの金から報酬を支払う。

今回、もちろんリオを売るということはしない。

ブラッハムたちの報酬は、手持ちの金から出せば問題ない。

リオは正式に、ローベント家で飼うことになった。

○

「リオちゃん‼」

「リオ！」

飼うことになったリオをレンとクライツに会わせると、大層喜んだ。

リオも嬉しそうに鳴き声を上げながら、二人に駆け寄っていく。

過ごした時間はあまり長くないとはいえ、すっかり二人に懐いたようだ。

「飼えることになって良かったですね。早速、リオ用の小屋を作らないといけませんね」

リーツはそう言った。

キングブルーのリオが、どれだけのペースで成長するのかは分からないが、動物の成長速度は人間より遥《はる》かに早いというイメージがある。

一年くらいで、成長しきっている可能性もある。

「ほ、ほほほほ、本気で飼うの？　そいつ？」

動物が苦手なロセルは、だいぶ嫌がっていた。

「最終的に小屋で飼うことになるだろうから、近寄らなければ大丈夫だ」

「ま、まあ、そうなんだけど……って、うわ！　こっちくるな‼」

なぜかロセルはリオに気に入られてるようだ。見た目が好きなのだろうか？

何とかロセルは逃げ切った。しばらくはロセルが苦労する姿を見ることになりそうだな。

「兄様！　早速リオちゃんと一緒にお散歩に行こう！」

「行こう行こう！」

二人がテンション高めにそう言った。

最近は忙しい日が続いていたが、今日は珍しく特に仕事がなかった。

「分かった、行くか」

二人のお願いを許可した。私もリオともっと触れ合いたいしな。動物は嫌いではないし。

リシアも誘って四人で散歩を始めた。

街に出ると、リオがはぐれる危険があるので、城の庭を歩く。

カナレ城の庭は大きいので、外に出なくても充分散歩は出来た。

「こんこん！」

リオは上機嫌そうだった。

「ふふふ、機嫌が良さそうですわね。今日はいいお天気ですからね。気温もちょうどいいですし」

リシアがリオの様子を見て微笑んだ。今日の天気は快晴。季節は秋なので、かなり過ごしやすい気候だ。散歩するには最高の日和と言えるだろう。

「あ！」

驚いたような声が背後から聞こえてきた。

振り返って確認すると、シャーロットがいた。リオを見て驚いている。

そう言えば、シャーロットが触ろうとしたら、リオは逃げていたな。ムーシャが触ろうとしても逃げていたので、魔法兵は近寄れないかもしれないと、仮説を立てていた。理由はよく分からないが。

「その子飼うことになったんだ……こ、今度こそ触れ……」

とシャーロットが近づこうとすると、リオはレンの後ろに隠れてしまった。

「シャーロットちゃん……リオちゃん怖がってるから……」

「う……」

ただならぬショックを受けたような表情をシャーロットは浮かべていた。

「な、何でわたしだけー！」

と自暴自棄になった様子で走り去っていった。

「何でシャーロットさんをこんなに嫌がってるんですかね」

「分からない。魔力水の匂いが染み込んでたりするんじゃないか？」

魔力水は人間からすると無臭だが、リオには嫌な臭いがしているのかもしれない。

魔法兵の多い、魔法練兵場辺りには、なるべく行かせない方がいいだろうな。

散歩を続けていると、今度はブラッハム、ザットとばったり出くわした。

「お、その動物……確かリオでしたっけ。元気そうですねー」

「キツネが人間に懐いてる……珍しいですね」

ブラッハムはリオについて知っているので、驚いてはいなかったが、ザットはリオを見てかなり驚いていた。

「こうしてみると可愛いなぁ。昔、飼っていたあいつを思い出します」

ブラッハムがリオを撫でながらそう言った。リオはブラッハムの事は嫌いじゃないようで、「こーん」と、可愛い声で鳴き声を上げている。

「ハムちゃんも昔動物飼ってたのか？」

「はい、熊を飼ってました」

「く、熊？」

聞き間違いかと思って聞きなおす。この世界でも熊は危険な猛獣として知られている。何なら地球の熊よりさらに一回り大きいので、危険性は上だ。カナレ郡の辺りには存在しないので、直接見たことはないけど。

「飼っていたらめっちゃデカくなって殺されそうになったので、やむなく野生に帰しました。当時は熊って動物をよく知らなかったんですよね……結構懐いてたんですけどね……多分、あいつにとってはじゃれてるだけだったと思うんですが、流石にサイズが違い過ぎて……」

寂しそうにブラッハムは言う。めちゃくちゃな話だった。昔から馬鹿なことやってたんだな。

でも、リオも成長したら、デカくなるらしいのでその辺はどうなるのだろうか。熊ほど狂暴ではないだろうが。

ブラッハムとザットは訓練に行き、再び四人と一匹だけで散歩を行う。

カナレ城の庭はきちんと手入れされている。庭師が頑張っているのだろう。

あと、花が多い。これはリシアが趣味で育てている花である。リシアは、庭師の人にも手伝ってもらいつつ、自分でも花の手入れを行っていた。

「あの、何で俺が荷物持ちやらされてるんですかね」

散歩しているとそんな声が聞こえていた。

リクヤの声だ。リクヤたちは、今はランベルクにいるはずなのだが、なぜかカナレに来ていた。

よく見ると、ランベルクの代官を任せているミレーユもいた。彼女はカナレ城を訪れる機会も多い。リクヤたちはミレーユについてきたのだろう。

リクヤは大きなリュックを背負って、かなりきつそうにしている。

「タカオは護衛だから両手が空いてないといけないだろ？　マイカちゃんはか弱いから、荷物持ちなんて無理。アンタしかいないというわけだ」

「それはわかってるんですけど、ミレーユさんもちょっとは持ってくれていいんじゃないですか？」

「アンタ、女に荷物持たせる気なのかい？　男としてどうかと思うね」

「よく言うぜ。大抵の男より腕っぷしが良いのに」

「何か言ったかい？」

「何でもありませんよ」

どうもリクヤが雑用係みたいな扱いを受けているようだった。不満ありげな様子である。

「お、主様《あるじ》ではありませんか」

マイカがこちらに気が付いた。それと同時に、ミレーユ、タカオ、リクヤもこちらに気が付く。

「お、坊や。お散歩かい？」

「そうだが……ミレーユはなぜここに？」

「えーと、定例報告さ」

歯切れが悪そうに言う。直感で嘘だと分かった。

「ぬ？　主様に呼ばれたから来たのではなかったのですか？　何やら用件があると」

マイカがそう言うと、やばっというような表情をする。もちろんミレーユをカナレ城に呼んだ覚えはない。

「呼んでないのだが、どういうことだ？」

「いやさ～、たまにカナレに来て羽目外すくらい良くない？　最近は結構仕事してたんだよ」

開き直って本当の理由を口にした。カナレ城に来ると、メイドが持てなしのため、酒や食事を振る舞うのでそれ目当てに来ることがたまにあるが、今日もそうだったのだろう。

ミレーユが来ても酒は絶対に出すなと、数日前に言いつけておいたので、恐らくお目当ての酒は飲めないだろうが。

「サボりだったんかい……」

リクヤが呆《あき》れたような表情を浮かべてそう言った。

「兄者、これはミレーユ殿のお気遣いですぞ！　最近、仕事量が増えて、疲労が溜まっていたので休めるようにとのことだろう」

「う、うん、そういう事だ！」

「なるほど、俺の背負っている荷物も気遣いってことですね。ありがたい限りです」

皮肉を込めてリクヤはそう言った。

「あんまりサボっていると、代官から外すからそのつもりで」

「う……わ、分かってるよ」

ミレーユは少し慌てながらそう言った。

「む？　ところで、その動物はキツネではありませんか！　もしかして飼われているのですか？」

マイカがリオの存在に気が付き、そう言ってきた。

「つい最近飼う事にしたんですわ」

リシアが返答する。

「ほう、懐かしいですな。ヨウ国には、様々なキツネが生息しておりまして、中でも九尾という、尾が九本生えているキツネは非常に珍しく、国の中でも神聖視されておるのですよ」

マイカが故郷を懐かしむような様子でそう言った。

「……キツネねぇ……てか、そのキツネ……キングブルーじゃないの？」

「分かるのか？　確かにリオはキングブルーっていう品種らしい」

「本当にキングブルーなのかい」

「キングブルーとは何なのですか？」

マイカが尋ねてきたので、私は説明した。

「何と、そんなに大きくなるとは！」

「馬くらいの大きさになるってのは凄いな。九尾だって大きさで言うと人間と同じくらいだっただろ？」

リクヤがそう言った。

九尾というキツネも人間並みということは、相当大きいようだな。

「結構珍しいから売ろうと思えば高く……」

「リオちゃんは売り物じゃありません！」

ミレーユの言葉を遮るように、怒りながらリシアが言った。

「じょ、冗談だよ～。まあ、アタシはあんまり動物には興味ないからね～。こんな毛むくじゃらの生き物の何がいいのかね～、言葉も通じないし」

どうやら、ミレーユは動物があまり好きなタイプじゃないようだ。

動物が苦手という人は一定数いるので、そういう事もあるだろう。

「えーと、それじゃあアタシはこれで」

「あまり長くは滞在するなよ」

「わ、分かってるよ～」

そう言って、ミレーユたちはカナレ城の中へと入っていった。

庭の散歩を続け、お昼時になってリオも満足したようだし、今日は終わりにすることにした。だいぶ仲良くなれた気がする。仕事があるので、頻繁に散歩するのは難しいが、あいてる日があったら、今日みたいにリオと一緒に散歩することにしよう。

それから数日後。クランから書状が届いた。

二章　独立宣言

カナレ城。

クランから届いた書状の件について、緊急会議が開かれていた。

元々カナレ城にいる私やリーツたちに加えて、ランベルクの統治を任せていたミレーユと、彼女に同行してきていたフジミヤ三兄弟。それから、クメール領主のクラルとトルベキスタ領主のハマンドも来ていた。

カナレ郡の人材がほとんど一堂に会していた。

それだけ重要な書状が送られてきたということだ。

「もう一度内容を確認するけど、間違いないかい？」

ミレーユがリーツに確認した。

「クラン様から、サマフォース帝国からの独立を宣言し、ミーシアン国王の座に就かれるとの書状が届きました。その宣言をアルカンテスで行うので、各郡長はアルカンテスまで来るようにとの指示がありました。宣言は二ヵ月後に行うようです」

リーツが淡々とした口調で説明する。

元々クランがミーシアン国王の座に就こうとしていたということは、話には聞いていた。

　しかし、ミーシアン統一のために皇帝と帝国に忠実な立場のパラダイル州の力を借りたので、今独立国となることを宣言すれば、裏切り者として見られることは間違いない。

　もしかすると、帝国の呼びかけで、ミーシアンを討伐する軍隊が編成される恐れもある。

　まあ、皇帝の権力は相当弱くなっており、足元であるアンセル州でさえ、完全に掌握しきれていない様子だ。

　統一されたミーシアンの戦力を考えると、いきなり攻め込まれることはないだろう。

　しかし、ミーシアンにはサイツ州という面倒な敵がいる。

　このタイミングで独立宣言をやるのが正しいのか疑問だ。

「また面倒なこと決めたもんだねぇ」

　ミレーユは呆《あき》れたような表情を浮かべている。

　彼女も今回のクランの決定についてはあまり良く思っていないようだ。

「しかし、何でわざわざ独立の宣言なんてするんですかね。何か狙いがあるんですか？」

　ブラッハムがそう質問をした。

「単純に元から独立したかったというのもあると思うが……狙いとしては統一したばかりのミーシアンの結束を強化する。また、国王を名乗ることでサマフォース大陸外の国と、対等に外交が出来るようになる。戦も仕掛けやすくなる。今まで同じ国だったところが、他国になるわけだから……」

　リーツが質問に答えた。

「デメリットはサマフォース大陸にあるほかの州が、全部敵に回るかもしれないってことと、ミーシアン州内にいる親帝国派の貴族たちに反感を持たれること……まあ、それに関しては、親帝国派の貴族のあぶり出しを狙っているのかもしれないけど」

「た、他州を全部敵にするって、結構やばくないですか？」

「そうだね。でも、流石にその辺のことは根回ししてると思うけど。皇帝の呼びかけで、ミーシアン討伐に動き、それが果たされれば、皇帝の権力が回復する。ミーシアンの領地も直接統治するようになると、単純に戦力も大幅に上がるしね。そうなると、サマフォース帝国が完全復活することになる。そんなことを望んでない州が大半だし、素直に帝国に力を貸すとはとても思えない」

リーツは情勢をそう考察した。

確かに、いきなりミーシアン討伐のための連合軍を組まれて、大軍がやってくるなんてことにはならない可能性の方が高そうだ。

「色々考えても時期尚早だと僕は思いますね」

「俺もあんまり良い動きとは思えないな」

リーツとロセルも今回のクランの動きは評価していないようだ。

「私も確かにおかしいとは思うが……まだ郡長の一人に過ぎない私に、この決定を覆す権力はない。もう決まっているから、書状も出してきたんだろう」

もし私の意見を聞くつもりがあったのなら、事前に相談をしてきただろうが、特になかった。

ある程度クランから信用は得ているとは思うが、今回のような重大な事柄に関して相談するほどには、信頼して貰《もら》えていないのだろう。

「ま、結局どうなるかは、クランの政治力次第かな。流石に無策で国王を名乗ろうってほど馬鹿じゃないでしょ。問題はカナレが今後どうなるかだね」

ミレーユがそう言った。

「戦の準備はした方が良いと思う。サイツ州がこれを好機と見て、攻めてくる可能性はあるからね」

ロセルが意見を言う。

カナレ郡はサイツ州とミーシアン州の州境にある。

サイツが攻めてくるのなら、真っ先に狙われる場所だ。

元々サイツ州の動きには警戒をしていた。サイツは軍事力の増強はしていたが、カナレに攻め入るような動きは見せていない。

「サイツからすれば、ミーシアンを攻める大義名分を得た形になります。挙兵もしやすいでしょう」

戦をするのに、大義名分は大事である。

前回サイツがカナレに侵攻した時は、本当の目的はどうあれ表向きは、「同盟者であり、ミーシアンの真の後継者であるバサマークを支援し、不当にミーシアンの領土を治めているクランを退治する」という大義名分はあった。

バサマーク敗戦後は、サイツはクランを次期ミーシアン総督と認める書状と、お詫《わ》びの品を送ったようだ。

　一応、現在は敵対していないというスタンスを、サイツは取っていた。

　クランが国王を名乗ることで、サイツは裏切り者討伐の大義名分を得て、挙兵しやすくなるのは間違いない。

「むしろそれが狙い？　サイツに攻めさせて、反撃して一気に飲み込もうとクラン様は考えてるのかも。ミーシアン内の貴族たちの中には、まだクラン様に従うことに、消極的な立場をとっている者も多い。危機感を煽《あお》れば、派兵せざるを得なくなる」

「それは……カナレからすれば迷惑なことこの上ないな」

　ロセルはそう予想した。サイツに攻め込まれるとしたら、間違いなくカナレになるだろう。

「クラン様の考えは、正直よく分かりません。我々も情報が不足しています。ミーシアン州内と、サイツ州の情報はある程度収集しておりますが、パラダイル州、アンセル州の情報に関しては、集められていませんからね。クラン様はその辺の情報も詳しく得ているでしょう」

「それもそうだな……」

　もうちょっとシャドーのような密偵を増やして、サマフォース大陸全土の情報を集める必要性が、今後はありそうだった。

「今後、大規模な戦が起こる可能性がある。今までは経済力をつけることを優先していたが、軍事力の増強を優先しよう。兵の訓練時間も増やす。それから、城や各砦《とりで》の増強も行おう。それで良いな？」

家臣たちの話を受けて、私はそう結論を出した。

ここ最近の好景気で、税収が大幅に伸び、金はそれなりに貯《た》まってきた。

今その金を使って、軍事力の強化を行った方が良さそうだ。

私の方針に異論を唱えるものはいなかった。

会議は終了した。

○

サイツ州、プルレード砦。

ボロッツ・ヘイガンドは、探していた暗殺者と面談していた。

彼の横には護衛用の騎士が二名。どちらも腕利きだ。

後ろには執事服を着た家臣が二人。

さらにその後ろに、大きめの箱が二つ置いてあった。

「お主がゼツ……だな」

ボロッツは目の前にいる人物に、そう声をかけた。

ローブを身に着けている。深くフードを被っており、顔には仮面をつけている。性別は分からない。背丈は小さく女性のようにも見えるが、男性でもおかしくはない。

「はい、そうです。早速仕事の話をしましょう」

ゼツと呼ばれたその人物は、丁寧な口調でそう言った。

声を聞いても性別は分からない。男性とも女性とも取れるくらいの声色だった。

「カナレ郡長アルス・ローベントだ」

「カナレ郡長？　あなたくらいの大物なら、ミーシアン総督のクランか、もしくは逆にサイツ総督を狙うと思っていましたが」

「クランはまだしも総督閣下を私が狙うだと？　馬鹿なことを申すな」

ボロッツはゼツの言葉を聞き、不快な表情を浮かべてそう返答した。

「申し訳ありません。しかしなぜあなたは、一郡長に過ぎないアルス・ローベントを狙うのですか？」

「暗殺者は依頼人が依頼する理由を知る必要があるのか？」

少し不機嫌そうな様子でボロッツは返答した。

「いえ、ただの興味本位です。しかし、暗殺を成功させるにあたって、アルス・ローベントの情報を出来るだけ多く教えてもらう必要があるので、結局理由に関しては話すことになると思いますよ」

「腕利きの暗殺者だというから、血も涙もない奴だろうと思っていたが、他者に対する興味も持っているんだな」

「嫌なイメージを持たれていますね。私も人間ですので、もちろん人並みに感情はありますよ」

「そうなのか？　それでは仕事に支障が出るのでは？　ターゲットに好感を抱いた場合はどうするのだ？」

「どうもしませんよ。予定通り仕事を遂行するのみです。業務に私情は一切挟みませんよ」

淡々とそう告げるゼツ。

何を当たり前のことを聞いているのだという態度だ。

そっちの方が逆に恐ろしい、とボロッツは思った。

「分かった。アルス・ローベントについて私が摑《つか》んでいる情報を教えよう」

ボロッツはアルスに関する情報をゼツに教えた。

暗殺を計画するにあたって、ある程度の情報は得ていた。

もちろんアルスが、他者を鑑定する能力の持ち主である可能性があり、家臣には手強《てごわ》い者たちが大勢いるということも伝えた。

「鑑定眼の持ち主ですか。興味深いですね」

「鑑定眼……？　奴の能力について何か知っているのか？」

「古い伝承です。このサマフォース大陸には三つの眼力を持つ者がいるらしいです」

ゼツは語り始めた。

「戦術眼を持つ者、予知眼を持つ者……そして、鑑定眼、かつて、この三つの眼力を持つ者たちが、このサマフォースで成り上がったそうです。サマフォース帝国が誕生する、前の時代の話ですね」

「……そのような話、聞いたことがないぞ？」

　ボロッツは様々な書物を読んでおり、知識は豊富だ。

　その彼にしてもその話は全く聞いたことがなかった。

「それはそうでしょうね。ローファイル州の一部地域に伝わっている古い伝承ですから。書物も数少なくミーシアンには存在しないでしょうね」

「なぜそれを知っている」

「私がローファイル州出身だからですよ」

　真実を言っている確証は存在しないが、嘘《うそ》とも断定はできない。

　ボロッツは見定めるようにゼツを観察するが、仮面をつけているので表情の判別は不可能。仕草にも動揺などは見られない。

「アルス・ローベントは鑑定眼の持ち主で、優秀な人材なら生まれの貴賤《きせん》は問わずに家臣として登用しようとする。それならば思ったより簡単にやれそうですね」

　ゼツの言葉にボロッツはうろんな目を向ける。

「本当か？　アルスの周りには有能な人材が多い。いくらお前が凄腕の暗殺者だとしても、簡単には成功はしないはずだ」

「やり方がありますので。大丈夫ですよ」

「その方法を教えるつもりは？」

「知りたいのなら教えてさしあげても良いですが、結果で示せば満足なのでは？」

「ふむ……まあそれもそうだな」

腕利きの暗殺者という話なので、ボロッツはゼツの腕を信じることにした。

どのみち、聞いたところでやり方を変えろなどと指示は出来ない。聞く意味はなかった。

「それより報酬の話をしましょう」

「……希望はいくらだ？　金貨なら大量に用意している」

ボロッツは後ろに置いてあった箱を部下に開けさせた。

ぎっしりと金貨が詰まっていた。

千枚は優に超えているだろう。

ボロッツはアルスの首を取るために、大金を払う準備をだいぶ前からしていた。

「金貨はある程度必要ですが、そこまでは必要ありませんよ。欲しい物はほかにあります」

「……なんだ？」

金以外が欲しいと聞き、ボロッツは意外に思う。

基本的に雇われの兵士、密偵、暗殺者などは、金以外の物は要求してこない。

家臣にして欲しいという例が稀《まれ》にはあるが、ゼツはそういうタイプにも見えなかった。

「書物です」

「なに……？」

予想外の要求にボロッツは動揺する。

「……なぜ書物を欲する？」

「そんなに複雑な理由ではないですよ。私は書物を読み、知識を得るのがとても好きでしてね。あなたのほどのお方なら、普通の者では読むことの出来ない書物を、いくつか所有しているはずでは？」

ボロッツは、サイツ州の中でも有力な貴族だ。治めている領地も大きい。

書物も多く保有している。

この世に二つとない書物も何冊かあった。

先ほどゼッツは、サマフォース帝国建国以前の歴史を語っていたが、普通はそんな昔の話を、知る者は少ない。

こうやって報酬として書物を要求していたので、知識量も豊富なのだろうと、ボロッツは納得した。

「……分かった。暗殺に成功したら、好きな書物をくれてやる」

「書物をいただくつもりはないです。読ませていただければそれで十分です。書物が保管してある場所に通していただき、一週間ほど滞在させていただければ十分です。重要なのは書物に書いてある知識ですから」

「……分かった。それでいいだろう」

ボロッツは条件を受け入れた。

一週間程度で本の中身を記憶するつもりなのかとか、知識なら何でもいいのかとか、色々疑問はあったが聞く必要はないと判断した。

「ありがとうございます。前金としてある程度の金貨はいただきます。よろしいですか？」

「ああ、問題ない」

それから二人は前金の額を交渉し、契約は無事に成立した。

「それでは行って参ります」

「良い報告を期待している」

ゼツは颯爽《さっそう》と部屋から去っていった。

○

私はアルカンテスに向かう準備を行っていた。クランがアルカンテス城にて、ミーシアン国王になると宣言する式典が、一ヵ月後に迫っていた。

現在は四月二十一日である。

もうすぐ秋も終わる時期だ。気温は肌寒さを感じるくらい。

ミーシアンは温暖な気候なので、四月はまだそんなに寒くはない。

五月になると流石に寒くなってくるので、厚着はしないといけない。ちゃんと準備が必要だな。

明日、出発するつもりだ。

順調にいくと、アルカンテスにだいぶ早く着くことになる。

ただ、旅は何があるかわからないので、ちょっと遅れることもある。

早く着いたとしても特に損はないので、なるべく早く出発するべきだった。

この式典には、ミーシアン中から大勢の貴族が集まってくる。

郡長クラスの貴族は、間違いなく全員が参加するだろう。

遅れて出席できなかったという事態は、避けなければいけない。

護衛としてブラッハムたちと、ファムが同行する。

それから、妻であるリシアも一緒に行く。

リーツ、ロセル、ミレーユたちには、領地の運営を任せた。

仕事はいっぱいあるので、全員が一緒にアルカンテスに行くわけにはいかない。

私も現在は郡長をやっているので、誰かに狙われても不思議ではない。

ブラッハム率いる精鋭部隊の面々と、ファムがいれば、どんな相手でも撃退できるだろう。

リーツはいつものようにかなり心配して、自分も行くと言い出していたが、彼には城の運営をしてもらわないといけない。残ってもらった。リーツは誰よりも有能で、能力の高い男だが、私のことになると冷静さを失う傾向にあるのが、唯一の欠点かもしれない。

準備を終え、翌日、私たちはアルカンテスに向かって出発した。

道中は思ったよりスムーズに移動することができた。

元バサマーク派が治めていた領内は、もっと荒れているかと思ったが、きちんと統治されていたようで、野盗に出くわすこともなかった。

予定通り数日早くアルカンテスに到着する。

五月になっていたので、流石に気温は寒かった。

アルカンテスには、ちょっと前に一度来たことがあった。

以前より人が増えて賑《にぎ》わっているように感じる。

ミーシアン統一により、アルカンテスに人が集まっているのだろう。

あと、単純にクランの統治がいいのかもしれない。

宣言を聞く前に、クランと面談をしておきたかったので、私はアルカンテス城を訪れて、申請を出した。

しかし、今は取り込み中とのことで、すぐには面談できないようだ。

まあ、宣言の前で色々忙しいのだろう。

アルカンテス城に来訪している貴族が、私以外にもいるようだし。

面談は数日後。

宣言が行われる前日に行うことになった。

アルカンテスに到着した当日、アルカンテス城の客室に通されて、ここで宿泊することになった。城に入ると、先に来ていた貴族たちに話しかけられて、それぞれの対応をすることに。

戦争で活躍して以降ローベント家の注目度が上がっているのを改めて実感した。

カナレ城でも貴族の対応は何度も行ってきた。

作法なども慣れてきたので、難なく対応する。

しかし旅の疲れがあるので、長話はしたくない。

なるべく早めに切り上げて、そのあと、自分たちの部屋に荷物などを置きに行った。

部屋は二部屋。私とリシアの部屋と、家臣たちの部屋だ。

全ての家臣を城に泊めることは難しいので、ブラッハム、ザットが部屋に泊まり、それ以外の兵たちは、街の宿屋に泊まることになった。

城に滞在している間、ブラッハム、ザット以外の兵士たちは、休養となる。街中で護衛するのに、大人数は必要ない。兵士たちは羽目を外せると、大喜びしていた。

ちなみにファムは、専属のメイドとして私とリシアの部屋に泊まる。

万が一に備えて、近くに護衛はいた方がいい。

城の中なので安全に思えるが、実際はそんなに安全ではないと思う。

ほかにも貴族が宿泊している。腹の中では私を疎ましく思っている者もいるだろう。

暗殺者を差し向けようと思えば、出来る環境だ。

用心しておくに越したことはない。

「ようやくゆっくりできますわね～」

部屋に入ったリシアは疲れている様子だった。

馬車での旅はかなり大変だ。今回は平穏無事に移動出来たとはいえ、それでもきつい事には変わりない。

私も何回か旅はしたが、それでも全く慣れることはなかった。

「そうだな。今日はゆっくり休もう」

「はい。アルカンテスを見て回りたい気もしますが、後日にしましょうか」

到着初日は旅の疲れを癒すため、ゆっくりと休憩していた。

○

翌日。

休んで体の疲れがだいぶとれた。

転生して体が若返ったので、疲れがすぐにとれる。歳《とし》をとるとこうもいかなくなるのを知っているだけに、あまり歳はとりたくないなと思ってしまう。

前回アルカンテスに来た時は、軽くしか街を見ていなかったので、今回はもっと見て回ることにした。

人材発掘も同時に行いたい。もしかすると、優秀な人材がいるかもしれないしな。

アルカンテスは人口が多い。見つけられる可能性もあるはずだ。

まあ、アルカンテスにいる人材なので、見つけても家臣にはなってくれない可能性も高い。州都アルカンテスから辺境のカナレに移住することになるからな。ローベント家も前の戦で名声が高まったとはいえ、まだまだポッと出の貴族に過ぎない。

名声だけで家臣になってくれる人物も、そう多くはないだろう。

だが、仮に私の家臣にならない場合でも、クランに推挙してみるという事も出来る。

推挙した人材が、クランの家臣として活躍できれば、私の評価もまた上がるはずだ。

やる価値はあるはずだ。

私たちはアルカンテス城から出て、アルカンテスの街中に繰り出した。

リシア、ブラッハム、ザット、メイド姿のファム、そして私の計五人である。

ザット、ブラッハム、ファムは護衛も兼ねて同行している。流石に街中を歩くとなると、どんな人間がいるか分からないので、警戒は怠れない。アルカンテスは人口が多い分、治安もそこまで良くはないからな。

「この街も結構変わりましたねー」

とファムが街中を見回しながらそう言った。女の子としか思えない声と喋《しゃべ》り方と見た目である。

メイド姿の時はファムは割とよく喋る。

喋っていた方が逆に怪しまれる確率が下がるからだそうだ。

アルカンテスでの情報収集を、以前ファムに頼んでいたことがあったが、その時に比べて結構変わってきているのだろう。

当時のアルカンテスがどんな感じだったのか知らないので、変わったと言われても正直分からないが。

「リシア、アルカンテスでどこか行ってみたい場所はないか？」

私はリシアにそう尋ねた。人がいる場所であれば、鑑定はどこでも出来る。

アルカンテスならどこに行ってもある程度人はいるだろうから、別にどこでも良かった。どうせなら、リシアの行きたい場所に行った方が良いだろう。

「そうですわね……アルカンテスには大きな植物園があるようで、そこに行ってみたいですわ」

植物園があるというのは初耳だった。

というか、この世界にもあったのか。

リシアは花が好きだし、楽しめるかもしれない。

「じゃあ、行ってみるか」

「はい！　楽しみですわ～」

とリシアは少し浮かれた様子になっていた。

○

「いや～、植物園楽しかったですわね！」

私たちは植物園に行った後、街を歩いていた。

リシアは興奮している様子だった。

植物園は、アルカンテスの北地区にあった。

かなり大きな建物である。人が多く集まっており、人気も結構あるようだった。

名前はそのまま、「アルカンテス植物園」というらしい。

訪れていた人々を鑑定してみたが、高ステータスの人物は見つからなかった。

そう簡単に見つかるものではない。

もっと大勢の人間を鑑定するしかない。

アルカンテス滞在中に見つからないことも十分あり得るので、過度な期待はせずに鑑定をしていこう。

しかし、この世界の技術力で植物園の運営など出来るのだろうか……と思って入ったが、魔法の力できっちりと温度管理されており、ミーシアンには群生していない植物も展示されていた。

「中でも、ホーリーフラワーは圧巻でしたね～。あんな巨大な花がこの世にあるなんて……」

植物園には目玉の花があり、それがホーリーフラワーだ。

木ぐらいの大きさの花を咲かせるとんでもない花である。

色は花弁によって違う。さらに光の粉をキラキラと漂わせており、かなり幻想的な花である。

正体は花ではなく、キノコらしい。キラキラしているのは、胞子のようだ。

普通はそこまで大きくはならないが、条件を満たせば大きくなるとの事。

条件に関しては、色々あるようで説明には書いてなかった。

「確かにあれは綺麗《きれい》だったな……でも、実はキノコってのも衝撃だった」

「そ、それは忘れさせてください」

リシアは実はキノコだという事実は、お気に召さなかったようだ。

「え⁉　あれってキノコだったんですか？」

ブラッハムが驚いたような声をあげた。

「隊長……説明読んでなかったんですか……」

「いや～、見るのに夢中になってて。でもキノコならあれ食べられるのか？」

「毒があるらしいですよ。というか、普通食べたいって感想出ないでしょ……」

ブラッハムの言葉に、ザットは呆れていた。確かに食べようとは思えないな。

「次はどこに行きましょうか？　今度はアルスの行きたい場所に行きましょう！」

リシアがそう提案してきた。

「うーん、そうだな……」

アルカンテスには観光しに来たわけではないので、特に行きたい場所は決めてなかった。

あまり詳しくないので、どんなところが有名なのか私は知らなかった。州都なので色々な施設があるとは思うのだが。少し悩む。

「とりあえず、市場に行ってみないか？」

悩んだ末、そう結論を出した。

アルカンテスの市場は、ミーシアン一の商業都市であるセンプラーほど盛り上がっているわけではないが、それでも州都だけあって、色々なものが売られている。

人も多いし、鑑定も出来るだろう。

「分かりました。それでは市場に行きましょう！」

私たちは植物園を離れ市場に向かった。

アルカンテスの街の中央に城はあるが、市場はその近くにあった。

市場には多くの露店が立ち並んでいた。

大勢の人で賑わっている。まるでお祭りのような雰囲気だった。

普段からこんな感じなのだろうか？　それともクランの宣言式が間近に迫っているので、人が多くなっているのか？

クランの独立宣言に関しては、数日前に告知が行われていたので、アルカンテスの人々は知っていた。

鑑定しながら市場を見て回る。

五十人くらいはすぐに鑑定したが、やはり、そう簡単に優秀な人材は見つからない。

流石に初日で見つかるわけないかと、思いながらも鑑定を続ける。

ふと、市場の隅に目が行った。

市場は賑わっているが、隅っこの方には客のいない店もある。

絵を売っているようだ。

自分で描《か》いた絵なのか、人が描いた絵なのかは分からない。

売っているのは少年だった。年齢は今の私と同じくらい。

かなり整った顔をしており、将来はイケメンになりそうだ。

絵は結構上手で、商品として十分通用するレベルだったが、それでも売れている様子はなかった。

まあ、絵は高価なものだ。

一日に、一枚でも売れれば良いという感じで、売っているのだろう。客が大勢いる方が逆に不自然だ。私は絵を売っている少年を鑑定してみた。

「⁉」

キーフ・ヴェンジ　13歳♂
・ステータス
統率　32／89
武勇　46／85
知略　55／98
政治　56／95
野心　33
・適性
歩兵　A
騎兵　C
弓兵　A
魔法兵　C
築城　C
兵器　C
水軍　A
空軍　A

計略　A

帝国暦百九十九年十二月二十一日、サマフォース帝国ミーシアン州アルカンテス郡アルカンテスで誕生する。両親は健在。兄が四人。姉が二人いる。全員健在。マイペースな性格。甘い物が好き。野菜は苦手。絵を描く事が趣味。優しい女性が好み。


現在値はそれほど優秀ではないが、能力の限界値は全て高水準。

間違いなく凄まじい才能を持った人材だった。

キーフ・ヴェンジ。それが彼の名前か。

久しぶりにここまで、才能ある人材を見つけた。

やはり探せばいるものなんだな。

出身はアルカンテスのようで、出自に怪しいところは特にない。兄弟がやたら多いところくらいか。全員生きているので、裕福な家に生まれた可能性が高いな。

現時点で誰かに仕官しているわけでもないようだ。

「アルス……もしかして、良い人材を見つけたのですか?」

鑑定をした後、リシアにそう尋ねられた。

特にリアクションはしなかったが、なぜかリシアは察していた。

「確かにそうだが……なぜ分かった？」

「アルスは人材を発見すると、こんな感じで、キッとなるんですわ。割と分かりやすいですわよ」

私の顔真似をしながらリシアはそう言った。

全く自覚はなかった。でも、確かにちょっと顔が強張《こわば》るかもしれない。リシアにはめちゃくちゃ観察されているようだ。ちょっと恥ずかしい。

「それで、優秀な人材はあの男の子ですか？」

私は頷《うなず》く。

「ちょっと彼と話をしたいんだが、良いか？」

「大丈夫ですわ！　わたくしも一緒に行きます！」

「それは心強い」

キーフという少年は、アルカンテスに生まれて今もここにいるということは、ずっとアルカンテスで過ごしてきた可能性が高い。

それをカナレの領主である私が、家臣に勧誘して成功する確率はそれほど高くはない。

ただ、リシアが力を貸してくれれば、成功率も上がるかもしれない。他人を説得するのは、正直私よりリシアの方が上手いからな。

「あの子供が優秀なんですか……ま、まあアルス様の目に狂いはないですよね……」

若干ブラッハムは疑っている様子だ。

彼は顔立ちは整っているが、どちらかというと中性的な感じで、男らしさは感じない。あまり体も大きくはないので、強そうという感覚は普通に見れば分からないだろう。

現在のステータスはあまり高くはないので、現時点ではそこまで飛び抜けているわけではない。

ただ、知略と政治は年齢を考えるとかなり高いのは間違いない。

「確かに隊長を見出したアルス様ならば、どんな人間でも見抜けますよね」

「……そうだな…………ん？　もしかして俺はちょっと馬鹿にされたのか？」

「気のせいです」

「そうか、気のせいか……？」

ブラッハムは釈然としない表情を浮かべていた。

私たちはキーフに近付く。

「……あ、いらっしゃいませ」

向こうからこちらに気づいたようで、そう言ってきた。小さな声だった。

「初めまして、私はアルス・ローベントというものだ。よろしく」

まずは挨拶をした。私に続いて、リシアも自己紹介する。

「は、はぁ……えーと……僕はキーフ・ヴェンジといいます……」

少し困惑しながら挨拶を、キーフも自己紹介を返してきた。

「……って……アルス・ローベント？」

キーフは私の顔をじろじろと見つめてくる。

「もしかして、カナレ郡長のアルス・ローベント様ですか?」

目を丸くしながら、そう尋ねてきた。

「知っているのか?」

「もちろんです！　ミーシアンに攻め込んできたサイツを、家臣たちを率いて華麗に撃退したと話に聞いています！」

「か、華麗に……?　いや、まあサイツは撃退したが、家臣たちの力が大きかったし……」

「謙遜されるんですね！　人格も素晴らしいとか完璧超人だ！　僕と同じくらいの歳なのに凄い！」

目をキラキラと輝かせながら、キーフはそう言った。

かなりテンションが上がっているようだ。

知名度は上がってきたとは思っていたが、アルカンテスの一般人にまで、知られているとは思っていなかった。どう反応すればいいか困る。

ただ、キーフが私のファンという事は、勧誘は成功しやすくなるはずだ。悪い事ではない。

「実は僕、アルス様の絵を描いたんです！　見てください！」

そう言いながら、キーフは足元から額に入った絵を取り出して、それを見せてきた。

「これが……私?」

「はい！」

キーフの描いた私の絵は、黒い髪や服装、体格など特徴はある程度一緒だったが、顔立ちが物凄く美化されていた。

転生する前よりはマシとはいえ、今の私も特別イケメンというわけではない。

「まあ！　そっくりですわね！」

リシアは絵を見てそう言った。

そっくり……なのか？

どこから見ても違うと思うが。

いや、そうか、違うと言うとキーフに悪印象を与えるかもしれないので、あえて言っているのか。

「え、えーと……ま、まあ確かに目のあたりとか似てるかもしんないですね」

同じく絵を見たブラッハムは困惑したような表情でそう言った。明らかに違和感を感じているが、忖度《そんたく》して言っているようだった。ブラッハムも空気を読むということが出来るようになったようだ。

「その絵、売ってくださるかしら」

「え？　あ……こ、これは売るために描いたものじゃないので……」

「あら、そうですか。残念です」

割と本気でリシアは残念がっているようだった。

似てない絵なんていらないだろうに。

演技……なんだよな……？

「というか、わたくしたちは絵を買うために来たのではなかったのですわ」

「え？　そうなのですか？」

リシアが本題を言うように、私に目配せをしてきた。

「キーフ・ヴェンジ。君に私の家臣になってもらいたい」

単刀直入にそう言った。

「………………」

キーフはポカーンとした表情で、私の顔を見つめてきた。

数秒間そのまま固まって、

「えええええ!?」


と大声を上げて驚いた。

「な、ななな何で僕が家臣!?　何かしましたか僕!?」

かなり驚いている様子だ。

「あ、そ、そういえば、アルス様は人を見る眼《め》がおありという噂《うわさ》を聞いたことが……も、もしかして僕に才能があると……」

知名度が上がったことで、私の力に関しても、ある程度噂で聞いているようだ。

説明する手間が省けて楽である。

「絵師として凄い才能があるという事なんですか⁉」

「え？　絵師として……」

鑑定で絵師としての才能は計れない。

見る限り、まだ若いのに上手な絵を描いているので、才能がある方だと思うが、適当なことは言えない。

「えーと、上手だし才能がある方だと思うけど……私は絵師としての才能までは見られない。君には武人、政治家、軍略家、など様々な才能がある」

「え……ええ？　そ、そうなんですか？　僕弱っちいですよ？」

困惑しながらキーフは返答した。

「現時点ではそうかもしれないが、修業すれば必ず強くなれる」

「ええ〜？　ほ、ほんとですか？」

全く信じていない様子だった。

いくら私が鑑定スキルがあるといっても、言われただけでは信じるのは難しいだろう。自分の事は自分が一番知っていると、大抵の人間は思っているはずだからな。

「あのアルス様がおっしゃるならそうかもしれませんが……でも僕は絵師として活動したくて……」

キーフは困惑した様子だった。

確かに絵を描くのが好きな人が、いきなり軍人になるというのは飲み込み辛いことかもしれない。どう説得すればいいか悩んでいると、

「あら、絵は家臣になっても描けますよ。ローベント家に入り、アルスやほかの皆様の活躍を見た方が、良い絵も描きやすいのではないですか？」

リシアが助け船を出してきた。確かに良い理由だ。絵師みたいな芸術家になる人は、色々な経験があった方が良いともいうしな。

「な、なるほど……確かに一理あります……アルカンテスにいたままでは、これ以上インスピレーションが得られないかもしれないですし……」

リシアの説得を聞いて、キーフは悩み始める。

「ちょ、ちょっと考えさせてください」

結論は出なかったようでキーフはそう言った。

まあ、確かにいくら前から私の活躍を知っていたとはいえ、いきなり首を縦には振れないだろう。

急いで結論を求めても良くはない。

宣言式が終わったら、すぐにカナレに帰るつもりだったが、もしかすると、キーフが結論を出すまで待つことになるかもしれないな。

アルカンテスの滞在期間はちょっとくらいなら延びても問題ないだろう。

「分かった。数日後、またここに来よう」

「は、はい」

そう言って私たちはキーフの元を立ち去った。

○

キーフを勧誘して数日後、クランと面談をする日になった。

明日は宣言式である。

アルカンテス城内は、かなり慌ただしい様子になっていた。

明日は宣言式以外にも、祝宴を開くことになっていた。

準備は終わっているようだったが、どこかに不備がないか最終チェックを慌ただしくやっていた。

指示を出していたのは、クランの部下たちだ。

クランは、貴族たちの対応をしており、準備に関してはすべて部下に任せていた。

私はリシアと二人で、クランのいる応接室に向かう。

「お待ちしておりました。お入りください」

応接室の扉の前には執事がいた。

扉を開けてくれたので、私とリシアは中に入る。

「アルス、そしてリシア、久しぶりだな。遠路はるばるよく来てくれた」

部屋に入るとクランがこちらに向かって歩きながらそう言った。

表情は笑顔である。かなり機嫌が良さそうに見えた。

「お久しぶりですクラン様。今回はお招きいただき誠にありがとうございます」

私は礼をしながらそう言った。

リシアもそれに続き挨拶をする。

「まあ、堅苦しい挨拶はそれくらいにして、かけてくれ」

クランはそう促した。私とリシアは部屋にあったソファに座る。高級なソファのようで、座り心地がめちゃくちゃ良かった。カナレ城にも欲しいくらいだが、多分これは相当値が張るだろう。

「さて……話がある、という顔をしているな」

「え……いえ、話というより聞きたいことはあります」

いきなりクランに言い当てられ、少しどっきりとした。

少し焦りながら返答する。

「なぜこの時期にミーシアンの独立を宣言するか、だな？」

質問の内容を当てられた。

クランも馬鹿ではない。

私の聞きたいことくらいは察知していたようだった。

「はい」

　頷きながら返事をする。

「初めに聞きたいが、アルス、そしてお主の家臣たちはこの件については、賛成なのか反対なのか、どっちだ？」

「それは……」

「正直に答えていい。今回の件は決まったことなので、お主が賛成しようと反対しようと、変わる事はないが、参考までに聞いておきたい」

　どうするか少し戸惑ったが、誤魔化すのは逆にまずい気がしたので、私は正直に返答することにした。

「私も……家臣たちも、賛成はしていませんでした」

　恐る恐る私はそう言った。クランは特に怒りはせず、まあそうだろうな、というような表情を浮かべている。賛成されないのは、事前に予想していたみたいだ。

「理由は？」

「やはり時期尚早という意見が多かったです。万が一ミーシアン討伐の軍が編成されると、物量で負けるので勝ち目は薄いですし……戦が起こる可能性自体も高くなります」

「ふむ、まあ、そういう意見もあるだろうな。ただ、ミーシアン討伐軍は編成されぬよ。討伐軍を起こすのは皇帝家か？　今の皇帝家にもうそのような力はない。サイツやパラダイルは実力不足だ。ローファイル州が現時点では一番強力な軍事力を保持しているが、皇帝家とは対立しているので、協力はしないだろう。ミーシアンが討伐され皇帝家が影響力を強めれば、一番損するのはローファイル州だ」

クランは現状の勢力について語った。

ミーシアン討伐軍が起こる可能性は低いというのは、リーツたちとも意見が一致している。

「ただ……此度《こたび》の件が戦の火種を蒔《ま》くというのは、間違いなく事実である」

それに関してクランは否定しなかった。

「アルス、お主は戦は嫌いか?」

「それは……正直に言うと、好きではありません」

クランは鋭い目つきを私に向けて、質問してきた。嘘はつけず、正直に返答した。

「……好きな者はおらんだろうな。無論私も好きではない。ミーシアンの独立が短期的には戦の火種を蒔く、それは認めよう。しかし、長い目で見ると独立でもせねば、ミーシアンから戦がなくなる事はない」

「それは……どういうことですか?」

「かつてサマフォース大陸には、七つの国があった。ミーシアン王国、サイツ王国、パラダイル王国、ローファイル王国、アンセル王国、キャンシープ王国、シューツ王国だ。お主もそれは知っているだろう」

「はい」

一般常識だ。

まだ幼い頃リーツから教わったのを覚えている。

「サマフォース帝国が出来るまで、この七国で戦が頻繁に起きていたのかと言えば、そういうわけではない。無論たまには起きることもあったが、基本はきちんとした条約を結び、平和を維持していた。アンセル王国が大陸外部の国との貿易で力を蓄えるまでは均衡が保たれていたのだ。しかし、アンセルが力をつけ、大きな戦を起こしてしまった。一時的にサマフォース帝国という統一国家が誕生し平和が訪れたはいいが、それも一時的なものだ。今も戦乱の世になってしまっている」

「サマフォース帝国の存在が戦の原因であると？」

「そうだ。再びサマフォースが統一されても、結局また同じことが起こる。それぞれの州は元は別の国。完全な融和は望めない。平和を維持するには、七国が完全に独立する必要がある」

「……ミーシアンは独立をしますが、ほかの州も独立をするのでしょうか？」

「恐らくそういう動きを取る州がほかにも出てくるだろう。まあ、すぐにではないが、数年以内にローファイル州あたりが、ミーシアンと同じく独立を宣言するだろうな。そうなると、ほかの州も次々に同じ行動をとるだろう」

クランはそう予想した。

彼の考えは間違っているとも言い切れない。

とはいえ、それぞれの国が独立状態になるということが、平和の維持に本当に繋《つな》がるかは疑問に思う。

アンセルのように他国と貿易するなどして、力を付けた国が侵略戦争を行うというのは、これからも起こる可能性が高い。

まあ、平和を恒久的に維持する方法など、正直に言ってないだろう。いずれ必ず争いは起こる。

私が気にしているのは、近いうちにカナレで争乱が起こるか否かだ。

「クラン様のお考えはわかりました。しかし、近いうちに戦がまた起こる可能性はあるんですね？特にアンセルは先ほどの話を聞く限りだと、ミーシアンの独立は是が非でも阻止したいはずでは？」

「それについて否定はできんな。確かに皇帝家からすると、ミーシアンの独立を認めれば、権力がさらに落ちていくだろう。ただし、アンセルは皇帝が傀儡《かいらい》となっており、その下で家臣たちが権力闘争をしており、統率力に欠けている。一枚岩になられると怖いが、現状はそう恐れる必要はないだろう。パラダイル州は兵力が少なく、兵糧《ひょうろう》も決して潤沢な州ではない。仮に攻めてきても十分防衛は出来る」

「サイツ州はどうでしょうか？」

「……サイツは……前回お主が痛い目に遭わせた。あれだけやられて正攻法で攻めてくるほど、愚かではあるまいよ。ミーシアンが他の州と戦い、劣勢になれば攻めてくるだろうが、そうならなければ静観するだろうな」

「しかし、サイツは戦力の増強を行っているようですが……」

「それはミーシアンを、というよりお主を恐れている証拠であろう。仮に攻めてきたら今度は全力で援軍を出すので安心するのだ。サイツ単独なら撃退も容易《たやす》いだろう」

「……はい」

そう言われてはそれ以上何も言えない。

納得するしかなかった。

「ミーシアン側からサイツに戦を仕掛けることはありませんか？」

リシアがそう尋ねた。

確かにそれは聞いておく必要がある質問だった。

「……それに関しては絶対にないとは言い切れないな。サイツの動きから不穏さを感じた場合は、先に叩《たた》くという戦略を取るという可能性はある」

サイツに戦を仕掛けるという話をクランは否定はしなかった。

「お主の治めるカナレは州境にある。心配する気持ちは分かるが、決してミーシアンが不利になるような状況は作らないよう、戦略を立てておるので、あまり心配する必要はない」

「……承知いたしました」

納得できない部分もいくつかあったが、これ以上言及すれば、非難しているともとられかねない。

今後はミーシアン国王となるクランと、あまり関係を悪化させるわけにはいかない。

私は納得した振りをして、それ以上の言及を避けた。

「承知いたしました。今後はクラン国王陛下のため、尽力いたします」

「はっはっは、そう呼ぶのは明日からにしてくれ」

話は終わり私たちは応接室を出た。

○

「クラン様のお言葉、アルスはどう思われましたか？」

会談を終え、アルカンテス城の廊下を歩きながら、私はリシアと話をしていた。

「どう……か……逆にリシアはどう思った？」

私はリシアの考えを先に聞きたくて、そう返答した。

「わたくしは……そうですわね……クラン様は、サマフォース帝国の存在が戦を起こしていると仰《おっしゃ》っていましたが、本当にそうなのでしょうか？　確かに一理あるとは思いましたが、戦が起きている原因はそれだけではないと思います」

「そうだな……戦に関しては、色んな原因で起こるから、こうすれば絶対に起きなくなる、という方法はないと思う」

「ですわね……そもそもクラン様が本当に平和を望んでいるのか疑問ですわね。わたくしたちを納得させるため、ああ言っているだけで、本当はご自分がサマフォース大陸の支配者になることを望んでいるのかもしれませんわ」

「その可能性もあるが……あまり口にはしない方がいいな。誰に聞かれているか分からないし……」

「そうですわね。クラン様の真意について迂闊《うかつ》な事は言えませんわね。ただ、クラン様がサイツ州との戦を回避しようとは思っていないことは分かりましたわ」

「確かにそれはそうだな……」

サイツはカナレを恐れているから攻めてこないだろうと言っていたが、外交を行い、サイツとの融和を進めるつもりがあるような事も言っていなかった。

前回の戦では確かに上手く戦う事が出来て、サイツを退けることが出来た。

しかし、次もそうなるとは限らない。

また、クランがサイツ侵攻を開始したら、もちろんカナレも兵を挙げなければいけないだろう。

もし、サイツに侵攻し、その戦に敗北した場合、兵力を大きく失う。その状態でサイツがカナレ侵攻を始めたら、流石に負ける可能性が高そうだ。

……まあ、あまりネガティブなことを考えすぎても良くはないか。

クランは有能な人物だし、勝ち目のない戦は流石に起こさないだろう。

結局カナレが州境にある以上、戦の脅威は常に存在する。

攻めてこられても簡単に負けないよう、今まで通り軍事力の強化を進めていく必要がありそうだ。

それから私たちは、市場へと向かった。

ブラッハム、ザット、ファムも同行している。

目的地はキーフの店だ。

初対面以降、何度かキーフの元には訪れていた。

ただ、まだ家臣になるという返事は貰っていない。

家臣になれば、彼の生まれ育ったアルカンテスから離れて、カナレで暮らすことになる。

簡単に首は縦に振れないだろう。

ただ、明確に断られてはいない。かなり悩んでいる様子なので、可能性がゼロというわけではなさそうだ。

熱心に誘い続ければ、承諾を得られるかもしれない。

「あ、アルス様！」

私が店に近付くと、キーフは私の姿に気付き嬉《うれ》しそうな表情を浮かべた。

「また来てくださってありがとうございます！」

店には最初に来た時とは別の絵が飾られていた。

「絵は売れたのか？」

「いや、売れないので別の絵にしてみました」

キーフは苦笑いを浮かべた。

そう簡単に売れる絵というのは描けないのだろう。詳しくないのでよく分からないことも多いが、絵の世界は難しいことが多そうである。

彼の絵を買おうか悩んでいたが、今買っても勧誘のために買ったと思われるだろう。

それに旅費も大量には持ってきておらず、絵を買うと痛い出費になる。

帰り道に、何らかのトラブルが発生しないとも限らない。トラブルが発生した時、お金は頼りになるので、なるべく多く持っていた方が良いだろう。

「でもこの絵も売れませんね～。やっぱり僕は絵師には向いてないかもしれません」

「そんなことはないだろう。これだけ上手な絵が描けているんだし。売ってる場所が悪いんじゃないか？」

「ありがとうございます。アルス様は僕を家臣に勧誘してるのに、絵について褒めてくださるのなんだかおかしいですね」

キーフは微笑みながらそう言った。

「絵が上手いのは事実だからな。確かに絵師として大成功すれば、君は私の家臣にならないかもしれないが、嘘をついてまで君の絵を貶《けな》すつもりはない」

私は本音を口にした。

「そうですね……アルス様はそのような方ではないです……あの、アルス様の目から見て、僕の絵はどう思いますか？　欲しくはなりませんか？」

「欲しくは……そうだな……私はあまり絵を集めたりはしていないからな……」

カナレ城内に絵は何点か飾ってはあるが、いずれも自分で購入したものではなかった。

絵について審美眼を持っているわけでもない。感想を求められても、少しだけ困ってしまう。

上手い絵としか言いようがない。

「リシアはキーフの絵についてどう思う？」

リシアは私より絵については詳しい。

色々と意見が言えるはずだ。

「そうですわね……これはアルカンテスの街並みを描いたんですよね」

「そうです！」

「建物はよく描けてますし、色使いも悪くないと思いますが……言葉は悪いですが、見ていて退屈に感じる絵だなと……」

「う……」

リシアは思ったところを率直に言ったようだ。キーフは若干ダメージを受けている。自分でも心当たりがあったのだろうか。

「あ、も、申し訳ありません。でも、こういう感じの絵は結構見てきたので……」

　ショックを受けたキーフの様子を見て、リシアは慌ててフォローをした。

「そ、そうですね……平凡ですよねこの絵は……」

「あ、あのアルスの絵は非常によく描けてましたわ。わたくしは大好きでした！」

　どうやら私の肖像画に関しては、リシアは本当によく描けていると思っているらしい。お世辞で言っているわけではないようだった。リシアの目に私の顔はどう見えているんだ。

「アルス様の絵は想像力を目一杯膨らませて描いたんです……僕はやはり興味を持った対象じゃないと、絵が躍動感を持たないというか……どこか平凡になってしまって……アルカンテスの街並みは好きなんですが、毎日見ているので今更見ても想像力は膨らみませんし」

　キーフは悩んだような表情を浮かべてつぶやいた。

「アルス様……僕決めました。僕でよければアルス様の家臣になりたいです！」

　そして、いきなりそう頼んできた。

「い、良いのか？」

「はい！　やっぱりこの街にいても、これ以上の絵は描けないような気がしてきました。もっと色々な経験をしないと僕の絵は進化しないと思うんです！」

　熱意のある様子でキーフは言ってきた。どうやら絵に関する情熱は本物のようだな。

「そうか……」

「でも、絵を向上させるために家臣になって、本当に良いのでしょうか？　もちろん、家臣になった以上、アルス様に申し付けられたお仕事はいたします」

「大丈夫だ。君の絵は私ももっと見てみたいしな」

「……ありがとうございます！」

キーフは笑顔でお礼を言ってきた。

「しかし、突然決めて大丈夫なのか？　親御さんとかの許可は取らなくても？」

「ああ、僕はアルカンテスにある宿屋の五男なんです。昔からある大きな宿屋なので、跡継ぎとかにはうるさいんですが、五男の僕は放任されてるので、許可は出ると思います」

宿屋の息子なのか。

大きい宿屋ということは、やはりキーフはお金持ちの子なのだろうか。

画材は決して安くはないし、ある程度金持ちの家に生まれないと絵は描けない可能性が高い。

「それなら良かった。改めて頼むが、キーフ・ヴェンジ。私の家臣になってくれるか？」

「はい！」

キーフは元気よく頷いた。

〇

翌日。

宣言式が行われた。

場所はアルカンテス城の前である。

アルカンテス城には、演説などを行うためのバルコニーが設置されている。

クランはそのバルコニーに立って、宣言をするようだ。

かなり高い位置にあり、皆を見下ろす形になる。

バルコニー席の下には大勢の貴族たちがいた。

クランが宣言をするすぐ近くまで、アルカンテスの領民は入ることは出来ない。

その代わり、音魔法でクランの言葉が街中に届くようにしていた。

しばらく待っていると、クランがバルコニーの上に立った。

いつもクランは豪華な服を着ているのだが、今日はいつも以上に華やかな服を着ていた。

頭に王冠を着けている。

「おお……」

「代々ミーシアン国王が被っていた、伝説の王冠……！」

「サマフォース帝国が出来てから使用を禁じられていたが……この目で見られるとは……」

何名かの貴族たちが、クランの姿を見て感嘆していた。

そんな王冠があったとは初めて知った。

今後はクランは、ずっとあの王冠を被るのだろうか。

「皆様静粛に！　陛下からの宣言をお聞きください‼」

クランの隣にいた側近のロビンソンが、大声でそう言った。

ざわついていた貴族たちも、その声を聞き静まり返る。

完全に静かになると、クランが口を開いた。

「今日という善き日に皆が集まってくれて、大変嬉しく思う。昨年までこのアルカンテスは我が弟の手に堕《お》ちていたが、こうして取り返すことができ、今日を迎えられた。それも皆の尽力があってこそだ。今後も皆の尽力を期待している」

最初は穏やかな口調でクランは話し始めた。

「アンセル王国という悪しき侵略国家が、他国を侵略しサマフォース帝国を建国してから、二百年以上の時が過ぎた」

徐々に厳しい口調に変わっていく。

サマフォース帝国に対して強い恨みがあるようだった。

「二百年前我々から様々な物を奴らは奪っていった。大勢の人が殺されたり攫《さら》われたり、財宝、食料も奪われた。国王の位もそうだ。戦に負けたミーシアンは最大の屈辱を味わったのだ。だが、もはや皇帝家に力も正義も存在しない。奪われた誇りを奪い返す時が今来たのだ」

クランはもしかすると、単純に先祖の無念を晴らしたいと思って、独立をしようとしているだけなのかもしれない。

前日は確かに平和のために独立を宣言すると言っていたが、それが本当だとは私には思えなかった。

「ミーシアンはサマフォース帝国から独立し、これからはミーシアン王国となる！　そして、私は今日、ミーシアン国王に即位する！」

クランは高らかにそう宣言した。

その宣言と共に、貴族たちが歓声を上げた。

帝国暦二百十三年五月二十一日。

クラン・サレマキアが、ミーシアン国王に即位。

ミーシアン王国が復活した。

○

その後の祝宴は、特に変わったことはなく終わった。

ほかの貴族たちに話しかけられまくって、その対応をする必要はあったが、いい加減慣れていたので、そこまで疲れることなく無難に終わらせることが出来た。

そして翌日。

「無事許可を貰いました!!」

キーフが明るい表情でそう言ってきた。

親に仕官していいか聞きに行き、許諾を得ることに成功したようだ。

こんなあっさり許可を出すとは、結構放任主義……というか、もはや育児放棄に近いんじゃないか？

ただ、出発に際して結構お金を貰ったらしい。

お金は払うから、後は勝手に育ってくれ、って感じで育児をしているのだろうか。それはそれでだいぶ問題ではあるが、そのおかげでキーフは絵を描くことが出来たんだろうし、一長一短かもしれない。

「それでは私たちと共にカナレに行こう」

「はい！」

私たちはキーフを引き連れアルカンテスを後にした。

○

帰り道。

季節は冬。

だいぶ冷え込んではいたが、雪は降っていないので、移動には大きな支障はなかった。

「う～……寒い～」

ブラッハムがガチガチと震えていた。

彼の服装はかなり寒そうだった。秋用の服を着ている。これでは相当寒いだろう。

「だからもっと暖かい服を着てくるべきだと言ったんですよ……」

ザットが呆れたように言う。

「こんなに寒くなるとは……」

ミーシアンの五月は、そこまで寒くない年もある。ただ、寒くなる時は普通に寒くなるので、間違いなくブラッハムは準備不足である。

「風邪引いちゃいますよ～」

メイド姿のファムが心配そうに言う。

「風邪って俺今まで引いたことないんだよな。寒い目にあったのも何回かあったけど」

馬鹿は風邪を引かないと言うが、本当に引いたことない奴がいるとは。

ブラッハムも成長したので、もしかしたら今回は引いてしまうかもしれない。

寒さはあったが、馬車は順調にカナレを目指して進んでいた。

ある日の夜。

私たちは野営をしていた。

村や街になるべく寄れるようなルートで、カナレには向かっているのだが、どうしても途中で寄れず野宿せざるを得ない日もある。

テントを張って焚《た》き火をして、野営をする。

冬なので夜になると一層冷え込み、結構辛い野営になるのだが、これぱかりは仕方ない。

この世界には自動車も電車も飛行機もないからな。

ブラッハムとザット、リシアは先に寝て、私はキーフと一緒に焚き火の近くにいた。

ファムは敵が近くにいないか、見回りをしているので、キーフと二人きりになっていた。

「あったかいですねー」

焚き火に当たりながら、のほほんとした表情でキーフは言った。

彼は、見た目はただの少年だ。

本当に戦の才能があるのか、疑問に思うくらいだ。

まあ、そういう一見才能がなさそうな者の才を見抜くのが、私の力の真骨頂なのだが。

「カナレってどんな場所なんですか？　話では知ってるんですが、行ったことはなくて」

「どんな場所……そうだな……ちょっと前までは辺境のあまり特徴のない街だったが……ミーシアンの内乱が終わってからは、発展してきて結構活気のある街になっている」

「そうなんですね！　街を発展させたのも、アルス様の手腕があってこそですよね！」

「いや、家臣たちの努力のおかげだ。私は力不足であまり活躍はできていない」

「またまた謙遜して〜」

本当のことを言っているのだが、謙遜と取られてしまった。

「僕もアルス様に貢献できるように頑張らないと！　何もできなかったら、アルス様の目が間違ってるってことになりますからね！」

「君の活躍に関しては期待している。ただ、焦る必要は全くないからな」

キーフは現在の能力値はあまり高くはない。

すぐには結果は残せないだろうが、気長に育成をするつもりだ。

ふと、再確認するために、私はキーフのステータスを見た。

ナターシャ・ヴァルハン　29歳♀
・ステータス
統率　5／12
武勇　99／99
知略　100／100
政治　21／25

野心　50
・適性
歩兵　S
騎兵　C
弓兵　S
魔法兵　A
築城　D
兵器　A
水軍　A
空軍　A
計略　S

帝国暦百八十三年十一月十一日、パルトーン国ソレシア市ラパンで誕生する。両親は健在。冷酷な性格。辛い物が好き。本を読むことが趣味。異性への興味は薄い。

「……え？」

私は困惑して声を漏らした。

全く違うステータスが表示された。

名前すら違う。ナターシャと書かれていた。性別も女だし、出身国も違う。

不具合かと思ったので、再鑑定してみたが全く同じ表示だった。

どういうことだ？

本当に不具合なのか？

今までこんなことは一度たりともなかったが。

キーフ以外にも試してみたいが、近くに人がいない。

何度かキーフを鑑定してみるが、結果は同じ。

仮に、今が正常だとしたら？

今が正常だとすると、キーフを最初に鑑定した時が異常だったということになる。

しかし、キーフは自分で、「キーフ・ヴェンジ」と名乗っていた。あの鑑定は正しい可能性が高い。

もしくは……。

鑑定結果を誤認させる何らかの方法があり、それをキーフが使っていた、という可能性もある。

そしてその効果が今になって切れたため、本来の鑑定結果が表示された。

考えすぎか……？


しかし、仮にそうなら、何でそんなことを？

私を欺いて家臣になるためか？　そうなるとキーフは敵の密偵？

ほかにもキーフが出発前の時点で誰かに殺されて、今目の前にいるのはキーフに変装した全くの別人であるという可能性もある。

ただ、変装となると可能性は低そうだ。流石に数日間一緒にいたのに、全く気づかないのはおかしい。

特にその道に詳しいファムなら、確実に気づきそうだ。

とにかく、再鑑定したとはバレないよう振る舞って、ほかの人も鑑定してみよう。

それでほかの人も鑑定結果が間違っていたら、鑑定能力に問題が生じているということになる。

治し方が分からないので、それはそれでかなりまずい。

今後鑑定能力が永久に失われる可能性がある。

ほかの人は鑑定結果が以前と同じなら……とりあえずキーフに関しては、間者である疑いをかける必要がありそうだ。キーフだけなぜか不具合が発生しているという可能性もあるので、絶対に間者であるとは言い切れないが。調べてみて白か黒かは、はっきりとさせる必要があるだろうな。

そこまで考えていると、キーフが、

「あれ？　もしかして効果切れちゃいましたか？」

と今までと同じような調子で言った。

言葉の意味を一瞬飲み込めなかった。効果が切れた？　何の？　まさか……。

「仕方ない、予定とは違いますが……」

彼は懐から何かを取り出す。ナイフだ。

と思った瞬間、物凄い速度で動き出し、私の顔めがけてナイフを突き出してきた。

「っ⁉」

辛うじて避ける。

完全には避けきれず、頬を軽く切られた。痛みを感じる。

「あれ、避けますか。意外と反応いいんですね」

相変わらず、同じ調子で喋っていた。

戦う才能はない私ではあるが、幼少期から父やリーツと稽古をした経験があったので、速い動きには割と慣れている。避けることくらいは出来た。

「キーフ、いや……君はナターシャというのか？　本物のキーフはどうした」

「それに答える義理はありませんね。少なくともこの世には存在しないです」

それは殺したという意味か、元からキーフという人間は存在していないという意味なのか。

どちらとも取れる。

「しかし、僕の本名を見抜くとは、眼の力は本物のようですね」

興味ありげにナターシャは私を見る。どうやら何者かから、私の力について事前に知らされていたのだろう。さらに偽装できる方法を知っているということは、私の鑑定スキルについて、私でも知らない何かを知っているのかもしれない。

「君の力は強力ですが、一つ言えるのは、力を過信するのは良くないってことです」

「………」

「ま、もうこんな忠告無駄なんですがね」

ここで殺すつもりなのだろう。

キーフ……ではなくナターシャはナイフを構えて、襲い掛かってきた。

突如、何かが横からものすごいスピードで私の前に割って入ってきた。

ファムである。いいタイミングで私の窮地に気付き救ってくれたようだ。

「おっと、君と戦うのはいささか面倒ですね」

「ちっ……」

イラついたような表情をファムは浮かべる。キーフ……ではなくナターシャはファムから距離を取った。

「おりゃああ!!」

ナターシャの背後から、ブラッハムが斬りかかった。寝ていたはずだが騒動を聞きつけ、駆けつけてきたのだろう。

不意をつかれたはずのナターシャだったが、あっさりとブラッハムの剣を避ける。

さっき見たステータスは、武勇の数値がものすごく高かった。

相当な手練《てだ》れなのだろう。

「なるほど、これは流石に不利ですね。でもまあ……とどめは刺さなくても、多分大丈夫でしょう。帰らせていただきますね」

「帰れると思っているのか？」

ファムが睨《にら》みつけながら言う。

「はい」

ナターシャは頷きながら返答した。

懐から玉を取り出し、それを地面に叩きつける。

真っ白い煙幕が周囲に立ち込めた。

何も見えない状態だ。

煙が晴れたら、ナターシャはいなくなっていた。

「に、逃げた！　探すぞ！　アイツ、敵だったとは!!」

ブラッハムが大声で言う。

「よせ、恐らく追いつけない。かなりの手練れだ。それに、逃げたと見せかけて、再び強襲してくる可能性もある。ここの戦力を減らしたくはない。まずは防御を固めて、襲撃に対して警戒をするしかない。さっきはああ言ったが、奴が逃げると言ったら、大人しく逃がす以外に手はない」

かなり苛立《いらだ》っていそうな声色でファムは言った。

「クソ……」

ブラッハムもファムの言葉が正しいと思ったのか、歯がゆそうな表情で呟《つぶや》いた。

先ほど煙幕を張られた時、全く追いかけるそぶりを見せなかったが、敵が逆に私を殺しにくるのに備えて、私の近くにいてくれたようだ。

「それより、とどめを刺さなくても大丈夫、と奴は言っていたな」

「え……？　いや、確かにそんなことを言っていたが……別に大した怪我は負っていないぞ？」

頬にかすり傷を負ったくらいだ。

しかし、ファムはその傷を見た瞬間、険しい表情を浮かべた。いつも冷静沈着な彼にしては、珍しく動揺しているようだった。

「まずいな……毒かもしれん」

深刻そうな声色でファムは言った。

「ど、毒……」

確かに、暗殺者はナイフに毒とかを塗っていそうだ。

今のところ体に異変はないが、時間と共に何か起こりだすかもしれない。

「応急処置をする」

ファムが毒を体から出すための、応急処置を行った。

綺麗な水で傷口を洗浄し、それから血を出すため圧力をかける。

それから救急キットで傷口に消毒用のアルコールを塗り、ガーゼで傷口を塞いだ。

「今のところは何ともないんだな？」

「あ、ああ」

ファムに尋ねられて、私は頷いた。

「遅効性の毒が塗ってあった事も考えられるが……ふむ……何の毒なんだ……？　よく使われている毒なら解毒剤を一応持っているので、対処は出来るが……」

ファムでも正体が分からない毒。よほど珍しい毒を使われたのか。しかも、ナターシャの言葉から察するに、致死率はかなり高いのだろう。

「ど、毒を塗ってなかったって可能性もあるんじゃないですか？　症状も特にないんですよね？」

私の不安な気持ちを察したのか、ブラッハムがそう言う。

「楽観的に考えたいところではあるが……ただ、あれだけ用意周到に私に近づいてきた奴が、大人しく去っていったんだ。私が死ぬのを確信しているとしか……」

正直、状況をポジティブには考えられなかった。

「……ど、どうですかね～。旗色が悪いから、去っていったとも……でもあいつ、敵だったんですね。意外です」

言葉が思い浮かばなかったのか、ブラッハムは不自然に話題を変更した。

まあ、でも確かに確実に毒が塗ってあったとは断定はできない。

今は無症状なので、症状が出ないことには確実なことは何も言えない。

「すまない……見抜けなかった」

ファムが珍しく落ち込んだような表情で謝ってきた。

今回の襲撃を自分の落ち度だと思っているようだ。

「お前が謝ることはない。悪いのは自分の力を過信し過ぎた私だ。もっと丁寧に調べて家臣にすれば……」

「いや、オレは新しく家臣が入るたびに、そいつを疑って色々調べたりしている。それが仕事だからだ。だが奴が暗殺者であるとは見抜けなかった」

悔いるようにファムは言った。

ファムも騙《だま》すほど、腕の良い暗殺者だったということか。

「お、俺も……ずっと寝てて……すみません……アルス様の護衛は俺の役目なのに」

　今度はブラッハムが謝ってきた。

「って、暗くなるのはいけませんよね！　過ぎたことは仕方ないですし、今後は気を付けましょう！　アルス様も傷口に障るでしょうから、今日はしっかり休んでください！」

　ブラッハムは無理した様子で明るく振る舞っていた。私をなるべく不安にさせないようにしているのだろう。

「あ、ああ」

　私はブラッハムの言葉通り、テントに戻った。

　私のテントはリシアと一緒だった。

　特に質の良いテントが使われている。

　リシアは騒ぎに気付くことなく、ぐっすりと眠っていた。

　彼女は、体力はあまりない。長旅で体力を消耗しているのだろう。

　寝ようと思うが、中々寝付けない。

　ぐるぐると考え事をしてしまう。

　今回の件について、リシアにどう話すか。ナイフに毒が塗ってあったと、まだ確定はしていないが、仮にそうだった場合、心配をかけることになる。

　もっと言うと、私が死んでしまった場合リシアは……。

自分が死ぬなんて、考えたくないことだった。
ナターシャは、どういう理由があって私を殺そうとしたのだろうか？
単独犯？　可能性は薄そうだ。誰かに雇われた暗殺者である可能性が一番高い。
となると、雇ったのは誰だ？
ミーシアンのほかの貴族？
それとも戦に負けた腹いせで、サイツ州が私を暗殺しようとしてきたのか？
野盗たちを懲らしめてきたので、逆恨みされたという可能性もある。
貴族として名をあげるということは、同時に恨みや妬みを買うことにも繋がる。
暗殺者を雇う理由のあるものは、意外と大勢いそうだ。
そもそも、なぜナターシャは鑑定を誤魔化すことが出来たのか。
鑑定スキルについては、私も分からないことは多い。
生まれつき持っていた能力で、ほかに同じ力を持っている人も見たことはない。
私の能力について知識を持っている人もいなかった。
もっと自分の力について、真剣に調べた方がいいかもしれないな。
……まあ、生き残れたらの話だが。
今のところ体に異変はない。
本当に毒が塗ってあったのかはまだわからない。

杞憂《きゆう》に終わればいいが。

寝付けなかったが、時間の経過とともに眠気が強くなってきて、眠りに落ちていた。


翌日。

朝起きたら何ともなかった。

と言っても油断は出来ない。遅効性の毒なら、一日経たないと症状が出ないという事もあり得るはず。

「おはようございます……って、アルス、それどうしましたの⁉」

リシアが私の顔を見て驚いていた。

ナターシャに斬られた箇所に、ガーゼを当てている。

包帯で巻いているので、かなり大怪我を負ったような感じになっている。

「いや、かすり傷を負ったんだが……」

「本当ですか……？」

「…………」

私は話すかどうか少し悩んで、昨夜の事を話すことを決めた。

いきなり倒れたりした方が、リシアに与えるショックも大きいだろう。

私はリシアに昨夜の事を全て話した。

「そんな……キーフさんが刺客だったんですか？　それに毒……」

「ああ、キーフは敵だった。毒を食らったのかどうかは、まだ確定じゃない。今のところ何ともないし。傷自体は大したことないから、毒がなかったらすぐ治ると思う」

「……そ、そうですか」

リシアはだいぶショックを受けている様子だった。

「と、とにかくそれならば、急いでカナレに帰還いたしましょう。カナレには医者もいますし、万が一症状が出ても治せるかもしれませんわ」

「そうだな……」

予定ではカナレまで三日かかるはずだが、それは余裕を持って移動した場合の日数だ。

速度を上げ、急いで移動すれば一日半くらいでカナレに到着できる。

私たちはリシアの提案通り、移動速度を上げてカナレへと帰還を始めた。

道中、症状が発症しなければいい、と思っていたが、その願望は甘かった。

数時間後、熱が出て、体全体に倦怠感《けんたいかん》が生じた。

最初はただの風邪の可能性もある、というくらいの軽い症状だったが、それが徐々に徐々に重くなってくる。

やはり毒を食らってしまったのだと、私は確信した。

ファムが体の抵抗力を上げる薬を所持していたので、それを飲んだ。

飲むと少し楽になったが、それも束の間、すぐに症状が重くなっていく。


数時間経過。

立ち上がることすら困難なくらい体が重くなってきた。

まるで自分の体ではないようだ。

この世界に転生して、病気になったことは何度かあったが、こんな苦しいのは初めてのことであった。前世を含めてもないかもしれない。

「アルス様、もうすぐ到着しますからね！　カナレについたら良くなります！」

馬車で横たわる私に、リシアがそう声をかけてきた。私を励ますため明るい声を出しているが、表情から無理をしているのが分かる。

「あ、ああ……」

何とか口を開けて返事をした。喋るのすら簡単に出来ないような状態だった。

「リシア……」

「な、何ですか？　お水ですか？」

名前を呼ぶと、リシアは無理したような作り笑いを浮かべて返事をした。

「もし私が死ぬことがあれば……ローベント家を頼む。跡継ぎはクライツになるだろう。でも、まだ幼いから、当主として皆を引っ張っていくのは難しいだろう。クライツの代わりにローベント家を支えてくれ……頼む……」

死後のローベント家がどうなるか気掛かりで、私はリシアにそう言った。

自分の生死を意識せざるを得ないような状態だった。

家臣たちを纏《まと》めるのは、リシアのほかにはいないだろう。彼女は芯が強い。頭も良く、判断力もある。リーダーには向いているだろう。

「な、何を言ってるんですか！　こんなところでアルスが死ぬなんて有り得ませんわ!!　そんな約束は絶対にいたしません！」

怒った表情でそう言った。

「あ！　カナレが見えてきました！」

嬉しそうなリシアの声が聞こえてきた。

そうか、カナレに到着したのか。

「アルス……アルス!?」

カナレに着いて少し安心したからか、全身の力がさらに抜けて、意識が遠のいていった。

「アルス!!」

最後にリシアの叫び声を聞き、意識が暗い闇の中へと落ちていった。

三章　ローベント家の危機

帝国暦二百十三年六月。

アルス・ローベントは毒に冒された状態で、カナレ城へと帰還した。

その時、すでに意識はなく、緊急で治療を行った。

その甲斐《かい》あってか、症状は少し回復し、意識も一時的には取り戻す。

しかし、再び悪化し、意識を失う。

アルスを冒している毒は、非常に厄介なもので、完全に体から消し去らなければ、完治することはないようだ。

何の毒が使われているのかは、ローベント家の医者でも特定することはできなかった。

医療の知識も得ていたロセルが、毒を分析し、解毒薬の開発に当たるが、そう簡単には作れない。

治せないまま刻一刻と時間は経過していき、アルスはどんどん衰弱していった。

ローベント家に未曾有《みぞう》の危機が訪れていた。

〇

「報告を聞こうか」

ボロッツは、戻ってきたゼツから報告を受けていた。

どうやって潜入したかなど、細かくゼツはボロッツに報告をする。

「鑑定眼の値をごまかす？　そんな真似が可能なのか？」

「はい」

「方法は？」

「秘密です」

方法を聞き出そうとしたが、きっぱりと拒否される。

聞き出すのは難しそうだと思ったボロッツは、報告の続きを聞く。

「それで？　潜入方法は分かったが、アルス・ローベントは殺せたのか？」

「そうですね……暗殺には成功したと言って良いと思いますよ。現時点ではアルス・ローベントは死んでいませんが、時間の問題です」

「どういうことだ」

ボロッツは、曖昧な報告をしたゼツを睨《にら》み返《かえ》す。

「毒を与えたのですが、即死するような毒じゃないので、まだ死んでません」

「何？　いつ頃アルス・ローベントは死ぬのだ」

「あんまり大量に与えられなかったので、思ったより時間がかかるかもしれませんが、持ってひと月ほどでしょうね」

「……解毒されたりはしないのか？」

「それはないと思いますね。いくら、ローベント家の家臣が優秀といえどね」

「ないと思う、だと？　確実とは言い切れないのだな？」

「まあ、世の中何があるか分かりませんからね。時間が経過すれば分かることです」

「ふざけた奴だ」

ニヤけながら言うゼツに、ボロッツは本気でイラついているような表情を見せる。

「なぜ即死するような毒を使わなかった」

「使わなかったのではなく、使えなかったのですよ。向こうに優秀な用心棒がいまして、大抵の毒なら匂いでバレます。絶対にバレずに人を殺せる毒は、今回使ったものだけですので。まあ、本来は毒じゃなくて首を落としたかったんですが、それは阻止されました。そこに関してはミスですね」

「……もし、生きていたら報酬はなしだ。そして、貴様の首を貰《もら》う」

「怖いことを言いますね。報酬はなしでいいですよ。でも、首はあげられませんね。たった一度の失敗で差し上げられるほど、安くはないので」

「たった一度の失敗か……暗殺は一度の失敗でも軽くはないというのは分かっていないのか？　今までミスをしたことはないのか？」

「ない、ということにしてるんですが、正直ありますね。ま、私も人間ですからね。失敗すると、依頼人に命を狙われたりすることもあるんですけど、それは返り討ちにしてきましたね」

怒気を込めた視線で、ボロッツはゼツに宣告したが、ゼツは飄々《ひょうひょう》とした態度を崩さない。

ボロッツとしても、実際にゼツの首が取れるとは思っていない。少なくとも、大勢の追手を差し向けないと、殺せないだろうが、そこまでする価値があるとは思えなかった。

「一つアドバイスしますが、アルス・ローベントが毒でしばらくの間苦しむことは確実ですので、ローベント家はその間、だいぶゴタゴタするでしょうから、攻め時かもしれませんよ」

「一介の暗殺者が私に戦略の提案とは、舐《な》められたものだな」

「すみません。こういうの考えるの好きなんですよ。今のは聞かなかったことにしてください」

脅すようにボロッツは言ったが、ゼツは特に動じていないようだった。

(ふん、食えない奴だ。依頼する奴を間違えたかもしれぬな)

そんなゼツの様子を見て、ボロッツは少しだけ後悔をしていた。

「それでは報告は以上です。アルス・ローベントの死を確認し次第、もう一度ここに来ますね」

「そうなると良いがな」

部屋から去る前、ゼツは歩みを止めた。

「あ、そうだ、忘れてた」

ゼツは何かを取り出す。一枚の風景画だ。アルカンテスの街並みが描《か》かれている。

それをボロッツに見せる。

「何だその絵は？」

「これ、私が描いたんですけど、どう思います？」

「どうというと？」

「いや、感想ですよ感想」

「何でそんなことを答えねばならん……まあ、強いて言うなら……ちょっと絵の上手い素人の描いた、平凡な絵だな」

そう答えると、ゼツはショックを受けたようにうなだれた。

「や、やっぱりそうなんですか……絵は好きでよく描いてるんですが、全く売れなくてがっくりきてたんですよ。もっと修業が必要ですね」

「……………」

「じゃ、私はこれで失礼します」

今度こそゼツは本当に去っていった。

「な、何だったのだ……変な奴だ。依頼したのは本当に間違いだったかもしれん」

疑うような表情を浮かべながらボロッツは呟《つぶや》いた。

（ま、まあ、奴の言葉通り、アルス・ローベントが重篤な状況になれば、ローベント家はかなり混乱するはず。攻め時なのは間違いない。奴の言葉通り行動するのは癪《しゃく》ではあるが……個人的感情

で、今やるべきことを見誤るべきではないな）

先程ゼツが提案した戦略は、ボロッツも間違ってはいないと考えていた。

（何はともあれ、状況を確認せねばならん。ローベント家の様子を至急探らせて、状況によってはすぐに兵を挙げ、カナレ城を攻めよう。ごたごたが起こっている状態なら、兵力が集まっていなくても、カナレ城を落とせるはずだ）

ボロッツはそう考え、至急部下たちにローベント家の状況を探るよう命令を出した。

○

「アルス……」

リシアは、ベッドに横たわっているアルスを見ながらつぶやいた。

アルスは衰弱し、痛々しい姿になっていた。

頬はやせこけて、呼吸は常に苦しそうだ。

二日ほど前までは、多少意識はあったが、ここ一日はずっと目をつぶって、話しかけても応答しない。

もう、そう長くはないかもしれない。

医者からはそう告げられていた。

リシアは、カナレに戻ってから、ずっとアルスの看病をしていた。

カナレ城にいるメイドからは、「看病などは自分たちがするので、リシア様は休んでいてください」と言われていた。

だが、どうしても自分で看病をしたかったので、メイドたちの言葉は聞かずに自分で看病を行っている。

寝る間も惜しんで看病を続けていたので、リシアの顔に疲れがはっきりと出ていた。

何度も泣いたため、瞼《まぶた》は赤く腫れていた。

睡眠不足で目の下に濃いクマもある。

髪の毛もボサボサで整っていない。肉体的にも精神的にも、限界が近いくらい疲弊しているように見えた。

「リシア様……流石にそろそろお休みになられてください。このままではお体に障ります」

リシアにそう言ったのは、カナレ城に勤務する医師長のマイク・メインツだった。

中年の細身の男だ。目じりが下がっており、優しそうな顔をしている。その顔立ちの通り、性格は温厚で怒ることは滅多にない。

「そういうわけにはまいりません……アルスがこのような目に遭っているのに、妻であるわたくしが休むなど……」

「しかしですね……リシア様まで倒れられてしまっては……」

「わたくしは大丈夫ですわ……」

明らかに強がった様子で、リシアはそう言った。

実際は体は限界に近かった。

それでも、苦しんでいるアルスのそばを離れたくはなかった。

マイクは、リシアの様子を見て、それ以上何も言えなかった。

「アルスはわたくしが看《み》ておきますので、マイクさんはロセルくんのお手伝いをしてください」

「承知しました」

ロセルは今も毒について調査を続けている。

マイクは部屋を出て、ロセルの元へと向かって行った。部屋にはアルスとリシアの二人きりになった。

リシアはアルスの手を握る。

体温が低下しており非常に冷たくなっていた。

いつも温かかったアルスの手は、大きく変わっていた。

「アルスはわたくしにローベント家を任せると言っていましたが……アルスがいない世界で生きていけるとは、とても思えませんわ。わたくしには絶対に無理です」

リシアの目から涙が流れていた。

ここ数日では何度も涙を流していたが、涸《か》れる気配はなかった。

「だから早く元気になってください……」

絞り出すように願い事を口にした。

横になっているアルスは一切反応せず、目をつぶったまま苦しそうに呼吸をしていた。

○

クライツとレンは、ペットのリオと一緒に城の中を散歩していた。

リオは最初に会った時からだいぶ成長していた。体高がクライツとレンの胸くらいになっている。大型犬くらいの大きさだ。

「兄上の病気はまだ治らないのかなぁ。早く一緒に遊びたい！」

とクライツは少し不満げな表情をしてそう言った。

隣を歩いているレンは、かなり暗い表情をしている。

「なあ、リオも兄上と遊びたいだろ?」

「こん！」

とクライツの言葉に返答するように、リオが鳴き声を上げた。

「クライツ、兄様は……」

レンは言葉に詰まった。

年相応の精神年齢であるクライツとは違い、レンは心の成長が早く賢い子だった。

兄がどういう状態にあるか、正しく理解していた。

もしかしたら、もう二度と会えなくなる可能性もあると理解していた。

「……もし兄様に何かあったら、次のローベント家の当主はクライツになる」

「はは……何かって何だよ！　兄上ならちょっとしたら元気になるだろ！」

レンが冗談を言っていると思ったクライツは、半笑いで返答した。必ず元気になると、クライツは信じているようだった。

「笑わないで！　真剣に聞いて！　もし兄様が死んでも、私たちに悲しんでる暇なんてないの。ローベント家の当主として、家臣たちを導かないといけない。だからクライツ、その時が来た時、すぐに動けるように覚悟だけはしておいて。クライツには難しいことも多いし、悩むこともあるだろうけど、その時は私が手助けをするから」

レンは大人びた表情をしていた。

とても十歳未満の子供の表情には見えなかった。

「そ、そんなことになるかよ！　レンは心配性すぎるぞ！」

「クライツの考えが甘いだけよ！」

「甘いってなんだよ！　レンは兄上に死んでほしいのかよ！」

「だ、誰もそんなこと言ってないじゃない！」

二人は顔を赤くして怒鳴り合う。二人とも目に涙を浮かべていた。

タイプが違うからか、本気で喧嘩《けんか》をするということはほとんどない二人だったので、ここまで言い合いするのは初めての事であった。

「俺は、当主になんかなりたくない!! 最強の戦士になって兄上と一緒にローベント家を発展させていくって決めたんだ!! こんなところで兄上が死ぬもんか!!」

怒ったクライツは、声を張り上げてそう言った。

レンは怯《ひる》まずにクライツの目を真っ直ぐ見て言い返す。

「聞きなさいクライツ!! 兄様が死んだら、私たちはもう子供ではいられないの!! 一人の貴族としてローベント家を背負っていかなくてはいけないの!!」

「そんなの俺にはわかんねぇーよ!! 兄上が死ぬなんてそんなことあるわけない!! もう二度とこんな話するな!!」

「クライツ!!」

激怒したクライツは一人でその場から去っていった。

「こ〜ん……」

リオが元気のない様子で鳴く。

何か良くないことが起こったということは、リオにも理解できたようだ。

「クライツの馬鹿……私だって兄様が死ぬなんて、そんなこと考えたくもないわよ……」

レンの両目から涙が流れ始めた。

「こ～ん」

彼女が悲しんでると理解したリオは、体を寄せた。そして、首を伸ばしてレンの涙を舐めた。

「リオは優しいね……」

レンは、リオの体に抱きつき、肩を震わせそのまま声を殺して泣き続けた。

○

カナレ城、執務室。

リーツ・ミューセスは、眉間に皺《しわ》を寄せ書類に目を通していた。

元々温和な表情の彼だが、今は目つきが鋭く、見るものを怯《おび》えさせるほどの迫力がある。

目の下にはクマがあり、睡眠不足であることが窺《うかが》える。それもそのはず、彼は数日は寝ずにぶっ続けで仕事をしていた。

当主であるアルスがこの状態で、仕事を休むということは彼からすれば考えられなかった。

「リーツ様、ファム殿が参られました」

「通してくれ」

使用人が報告し、リーツは即返答した。

ファムが執務室に急いで入ってくる。

「調べはついたか？」

「ああ……恐らく暗殺者を雇ったのは、サイツ州だ。ボロッツ・ヘイガンドの部下が、暗殺者ゼッツを探していたらしい」

「そうか、やはりサイツか。ミーシアンのほかの貴族である可能性もあったが、サイツというのが一番しっくりくるしな」

リーツは淡々とした口調で言ったが、言葉の端々には怒りが滲《にじ》み出ていた。

「しかし、ゼッツか。聞いたことがある。凄腕の暗殺者だと」

「この業界じゃ、名前が知れてるってことは、腕の良い証拠にはならないがな……ゼッツに関しては噂《うわさ》通りだったというわけか」

「それで、ゼッツは捕まえてきたのか？」

「いや、サイツを捜索したが、手がかりなしだ。部下たちは別の場所を探していたが、これまた重要な手がかりなし。さっき集まって改めて捜索計画を話し合っていたところだ」

「何だと……？　そんな悠長に探している場合じゃない！　暗殺者の捕縛は急務だ！」

声を荒らげてリーツは叫んだ。

復讐《ふくしゅう》のため暗殺者を捕まえようとしているのではない。アルスの治療のため一刻も早く捕まえるべきだとリーツは考えていた。

　毒を使う者は、解毒薬も同時に所持している可能性が高い。

　毒を使って脅しなどをする場合、解毒薬の所持は必須である。暗殺者は殺しに使うので、解毒薬はなくても出来なくはないが、毒の扱いを誤り自分が喰《く》らってしまった場合に解毒薬を持っていないとまずいので、暗殺者を捕まえればアルスの解毒も可能だとリーツは考えていた。

　もし持っていなくても、どんな毒を使ったのかは聞き出せる。

　それさえ分かれば、解毒薬を作るのも楽になるだろう。

「それは分かっているが、相手も能力の高い暗殺者だ。そう簡単にしっぽを出してはくれない」

「そんなこと言ってる場合じゃ……そうじゃないとアルス様が‼」

　ファムに怒りをぶつけるようにリーツは叫ぶ。

「……っ……済まない。取り乱した。簡単に捕まえられないのは分かっているんだ……」

　自分が八つ当たりをしていることに気づいたリーツは、すぐにファムに謝った。

「いやいい……そもそも今回はオレのせいでアルスがああなったわけだ。どれだけ責めてくれても構わない」

「……いや、君のせいじゃない……僕がもっと護衛をつけていれば……人材の獲得についてアルス様の力に頼り過ぎていたのも原因だ……」

　リーツは自分の判断に誤りがあって、アルスが襲われてしまったと後悔していた。

「あまり報告に時間を使うつもりはない。捜索を再開する」

「……頼んだ」

ファムが部屋から出て行った。

「失礼します」

ファムと入れ替わるように、ロセルが執務室へと入ってきた。

「欲しい資料があったから持って行きますね」

執務室には様々な資料が置いてある。

解毒薬の作成に必要な資料をロセルは取りに来たところだった。

「ああ。今やってる仕事が終わったら、僕も解毒薬の開発を手伝いに行く」

リーツもロセルほどではないが、医療についての知識がある。空いたら手伝いに行っていた。

「いやいや、良いですよ。リーツ先生は休んでてください！」

「そんなわけには……」

「顔色酷いですよ！　俺は解毒薬の開発に集中してるけど、リーツ先生は通常の業務に加えて、ファムたちに指示を出したり、過去の毒の資料を探したり、寝る間もなく動いてるでしょ。解毒剤のことは俺に任せて、ここは休んでてくださいよ！」

「駄目だ。僕は休むわけには……」

「リーツ先生まで倒れたら、ローベント家は回らなくなっちゃうんだから。俺もアルスのために動きたいけど……」

「………」

ロセルからすれば、リーツは目に見えて無理をしていた。

いつもは、忙しそうにしながらも、実は適度に休憩はしているし、無理はしていなかった。もちろん、常人ならパンクしてしまうほどの仕事量だが、リーツは体力的にも問題なくこなしていた。

そんなリーツでも、今の仕事量は流石に無茶で、このままだと必ず倒れてしまうと、ロセルは思っていた。

「僕の体なんかどうでもいい……アルス様だけは助けなくては……」

「どうでも良くなんかないよ。こんなこと言いたくはないけど、アルスが死ぬか、もしくは当主としてまともに動けない状態になった場合、ローベント家を引っ張っていくのは、リーツ先生だ」

「アルス様が亡くなったら、僕がローベント家を引っ張る？　そんなことには決してならないさ。決してね」

確信を持ったような口調でリーツはそう言った。

「僕はマルカ人だ。能力をいくら認められても、それは変わらない。アルス様に見出されて、アルス様がいるから、僕はローベント家で重要な役を担えているのであって、アルス様なしだと僕の立場は弱くなっていく一方だろう」

「そ、そんなことない！　リーツ先生の力は皆認めてる！　もちろん俺だって認めてる！」

「君が認めようと、カナレにいる大多数の人は、僕を認めやしないさ。僕はアルス様がいなければ、全く価値のない存在なんだよ」

自嘲気味に笑いながらリーツは言った。

実力は認められながらも、どこか軽蔑された目で見られているというのは、ローベント家の家臣となっても、何度も経験したことだった。もちろんそういった人ばかりではないとはいえ、アルスの存在なくして、このままローベント家で働いていける自信はリーツにはなかった。

「考えすぎですよ！　そんなことあり得ません。冷静になって考えてください」

リーツの評価の高さを知っているロセルは、リーツの言葉はただの弱気からの発言だと思っていた。

「それにだ……アルス様が亡くなったら、僕は暗殺者を雇ったサイツのボロッツ・ヘイガンドを殺しにいく。殺した後は、カナレには戻ってこられない可能性が高い。そういう意味でも、僕がローベント家を引っ張るなんてあり得ないのさ」

「な、何言ってるんだ。敵討《かたきう》ちでもするつもりなの？」

「ああ。もちろん兵士を使って攻め込んだりはしない。勝ち目は薄いし、兵を無駄死にさせるつもりはない。僕が忍び込んで殺してくる。大丈夫、君も知っての通り、僕は強い。失敗はしないはずだ」

「成功するかどうかの心配なんてしてないよ！　命をかけてまで仇《かたき》を討ってほしいなんて、アルスも望んでないよ」

「それでも僕にできるのはそれくらいしかない」

「何を言って……」

リーツの目はどこまでも真剣だった。

本気でそう思っているようだった。

ロセルはそれ以上、リーツに声をかけることができなかった。

「どっちにしろ、アルス様は絶対に助けるから、亡くなった後の話なんてする必要はない」

「そ、それはそうだけど」

「よし、書き終えた。では、僕も解毒剤の作成の手伝いに行く」

ロセルと話している間も、リーツは手を動かして書類の作成をしていた。とんでもないマルチタスク能力である。

立ち上がったが、その瞬間、リーツの視界が歪《ゆが》んだ。

「……!?」

全身の力が抜ける。

視界の歪みがひどくなり、その後、掠《かす》れて目の前が見えなくなった。

足に力が入らなくなり、リーツはその場でドサッと倒れた。

「リーツ先生‼」

執務室にロセルの声がこだました。

○

「過労ですね……これだけ寝ずに働いたら、それは倒れますよ」

医務室で、医者のマイクはそう診断した。

ロセルは、リーツが倒れた後、急いで使用人を呼び、救護室へと連れていった。

重篤な病気ではないことに安心したが、ただの過労でもしばらくリーツが動けないことは確定的である。

（こ、ここでリーツ先生が倒れちゃって、どうなるんだ⁉　リシア様も、アルスの看病に付きっきりで、仕事はできないし……お、俺が代わりに指示を出したりしたほうがいいのかな⁉　でも解毒剤を作らないと！　どうすれば）

頭を抱えながらロセルは混乱していた。

普段からネガティブな思考回路なロセルだが、今回ばかりはポジティブな人間でも、良いことは考えられないくらいの窮地になっていた。

「えーと、ロセル君はこのまま解毒剤を作ったほうがいいと思います。リーツさんもただの過労ですので、長期離脱するというわけではないですし……数日くらい内政が停滞しても、大きな問題は生じません」

「う……ま、まあそれもそうだね」

マイクに助言され、ロセルは少しだけ冷静になった。

(アルスは俺が絶対に助ける。絶対に死なせちゃならない)

ロセルは拳を握りしめて決意する。

リーツ、リシアのように、精神的に強いと思っていた人物が、アルスの危機で一気に動揺した。

ローベント家のためにも、絶対にここでアルスを死なせてはならない。

そして、何より、友達として恩人として主君として、アルスのことを助けたい、ロセルは心の底からそう思っていた。

「俺は絶対に解毒薬を作ります。マイクさんはリーツさんを看ていてください」

「分かりました」

ロセルは医務室を出た。

（アルスに見出してもらった俺の力で、絶対に解毒薬を作ってみせる‼）

やる気をみなぎらせて、ロセルは解毒薬の研究を再開した。

○

魔法練兵場。

シャーロットとムーシャは、一旦訓練をやめて休憩していた。

「アルス様のこと心配ですね……」

ムーシャが落ち込んだような表情でそう言った。

アルスの状態が良くないという情報は、家臣たち全員に回っていた。

「えー？　大丈夫でしょ。ちょっとしたら元気になって戻ってくるよ」

シャーロットは、いつも通りマイペースな感じでそう言った。

アルスは必ず元気になると、心の底から信じているようだった。死んだりするなど、微塵《みじん》も思っていない様子だった。

「そ、そうですかね……だいぶ危ないという話は聞きましたけど……」

「ムーシャは心配性だなぁ」

「し、心配して当然じゃないですか！　逆にシャーロットさんは何でそんなに平気なんですか？」

「うーん、でも、元気になるって思っちゃってるからなぁ。アルス様は何だかんだ言って、大物だと思うよ。こんなところで死ぬような男じゃない」

絶対に信じているのか、言《い》い淀《よど》むことなくシャーロットは言い切った。

特に根拠はなさそうだが、それでも不思議とシャーロットの言葉は正しいかもしれないと、ムーシャは思ってしまった。

「でも、もし死ぬようなことがあれば……アルス様を襲ったやつと襲わせたやつをわたしが殺しに行く」

シャーロットは本気で怒っているような表情を浮かべてそう言った。

ムーシャはシャーロットの顔を見て、息を飲む。

戦をしている時でも、本気で怒っているような表情は見たことがなかった。

その様子にムーシャは恐怖心を感じた。

「リーツ辺りが殺しに行くって言うだろうけど、こればかりは譲れないね。消し炭すら残さず殺してやる」

絶対にやるだろうし、止めても無駄だろうと思ったので、ムーシャは何も言うことが出来なかった。

「ま、アルス様が死ぬことはないだろうから、そんなことにはならないだろうけど」

一瞬でシャーロットは表情を緩ませる。

さっきまでの緊迫した雰囲気が一変、弛緩《しかん》したものとなった。

「でも、今の状況はあんまり良くないかもね。アルス様が倒れてると、サイツが攻めてきそう」

「え？　なんで分かるんですか、そんなこと」

敵の動きを読んだりなど、今までシャーロットがした覚えがないので、ムーシャは驚いた。

「だって、アルスを暗殺しようとしたのは、サイツ州でしょ？」

「え？　そうなんですか？　誰かから聞いたんですか？」

「いや、聞いたわけじゃないけど。でも、普通に考えてそうじゃない？　あんなに完璧にやられたら、誰だって仕返ししたくなるでしょ。てかわたしなら絶対する」

「あー……シャーロットさんの予想なんですね……」

根拠は特にないようで、ムーシャは呆《あき》れる。

「今リーツも倒れちゃってるらしいし、サイツが攻めてきたら、指揮がうまく執れなくなるかも」

「えー!!　そうなったらやばいじゃないですか!!」

シャーロットの言葉を聞き、ムーシャは顔を青ざめさせる。

「わたしが何とかするしかないね……」

「何とかって……どうするんですか？」

「うーん……とりあえず魔法撃ちまくれば何とかなるんじゃない？」

「え、ええ……？　そんな適当な……」

シャーロットの発言に、ムーシャは呆れた。

「とりあえず、いつでも魔法兵は戦えるように準備はしておこうか」

「そ、そうですね」

シャーロットは部下の魔法兵たちに準備を整えるよう指示を出した。

○

カナレ城。

マイカとリクヤが、廊下を歩いていた。

フジミヤ三兄弟はランベルクのミレーユの下で働く機会が多くなっていたが、アルスが毒に冒されたということで、ミレーユが緊急でカナレ城に戻ることになり、それについてきていた。

「タカオはまだ練兵場にいるのか？」

リクヤがマイカにそう質問する。

「そうみたいだのう。ブラッハム殿に稽古してくれとまた頼まれたみたいだ」

「またか。まあ、ブラッハムは強いから、タカオにとっては良い訓練になるとは思うけど」

「そうだな。ブラッハム殿はかなり気合が入っている様子だったし」

「気合が入ってるのか。まあ、アルス様の護衛として近くにいたっていうしな。責任を感じてるんだろ」

歩きながら二人は会話をする。その表情は少し浮かない。

「しかし兄者、困ったことになったのう」

「……まあな。家臣になって早々、主人が死にそうになるとは」

リクヤとマイカは困ったように呟いた。リクヤ、マイカ、タカオの三人がローベント家に仕えてまだ、一年も経過していない。流石に毒で領主が死にそうになるという事態は、全く想定していなかった。

「俺たちはアルス様に大きな恩がある。仮にアルス様が亡くなるようなことがあっても、ローベント家には仕え続ける。でも、アルス様が亡くなったらローベント家はどうなるんだろうか」

「それは難しい問題であるな……主《あるじ》様の存在は、ローベント家では大きい。弟君はまだ幼く、ローベント家を引っ張るのはまだ難しい。奥方様は……非常に精神が不安定になっておられる様子だ。一番頼りになるリーツ殿も倒れてしまったようだ。我らには事情はよく分からんところがあるが、リーツ殿は主様にかなり傾倒しておられる様子だし、主様が亡くなったらどういう行動に出るか……」

「そうだ、リーツさんも倒れちゃったんだよな……めちゃくちゃ無茶してたらしいし……俺たちが手伝えれば良かったんだが……」

悔やんだような表情をリクヤは浮かべる。

ローベント家に仕官したばかりの彼らは、まだ大きな仕事を任されてはいない。あまりリーツの助けにはなれていなかった。

「ロセル殿は非常に切れ者であるが、彼もまだ若く、ローベント家を引っ張っていける器量は今はなく……ミレーユ殿……あの方は……能力は間違いなく高いのだが、あまり他人に慕われていないような…………それに何を考えておるのか、分からん人でもある。主様が亡くなった瞬間、ローベント家に見切りをつけて、離脱するかもしれん。シャーロット殿の存在は大きいな。あの方は実力があるだけでなく、武人としてぶれぬ心を持っておられる。仮にゴタゴタが起こってサイツに攻められても、あの方がおれば、すぐに城が落とされるということはないだろう」

「確かにシャーロットさんの魔法は凄いな。でも、ローベント家を纏《まと》め上《あ》げるって感じでもないよな」

「そこに関しては彼女に求めても仕方ない部分であるな」

「俺たちは何をすべきなんだろうか？」

「うーむ。仕官したばかりの我らが、ローベント家を建て直すというのは難しい話である。ただただ、出来ることをやるしかない」

悩みながらマイカは結論を出した。

「マイカは、アルス様の毒について心当たりとかないのか？」

「異なことを聞く。毒について心当たりがあったのなら、すでに言っておるに決まっている。毒についての知識は私にはない。医療についてもあまり詳しくはないから、ロセル殿の手伝いも出来ん。付け焼き刃の知識では邪魔になるだけだからな。もっと戦術以外の事についても勉強しておくべきだった」

マイカは悔しさをにじませながらそう言った。

「まあ、でも俺は何だかんだ言ってアルス様は生き残ると思うけどな。だから心配は杞憂《きゆう》に終わると思うぜ」

「なぜそう言い切れる」

「勘だ」

リクヤは真剣な表情でそう言った。

「……勘か……まあ、兄者の勘は…………別に当たるというわけではないな」

「え？　そ、そうか？」

「うむ、二回に一回は外れるぞ。当たる方でもなければ、当たらない方でもない」

「か、勘に関しても平凡とか言うな!!」

「言ってないのだが……」

過剰に反応する兄の様子を見て呆れるマイカ。

「でも、今回に関しては、兄者の勘は当たっていると思うぞ」

「どうしてそう思う？」

「勘だ」

「勘か。まあ、お前の勘はよく当たるからな」

「当然だ。私は冴《さ》えておるからな！　兄者と違って」

「……一言余計だぞ」

胸を張るマイカを見て、リクヤは苦笑いを浮かべた。

○

練兵場。

ブラッハムとタカオが模擬戦を行っていた。

ブラッハムは大きめの両手持ちの木剣を持っており、タカオは片手で持てる木剣と木盾を持っていた。

タカオは、ブラッハムの激しい攻撃を盾で防ぎつつ、隙を見て素早く反撃をする。

レベルの高い攻防が続く。

ブラッハムの猛攻に耐えきれず、タカオが体勢を崩した。

「隙あり!!」

「!!」

タカオの首に目がけて木剣を振る。

直撃するすんでのところで、ブラッハムは剣を止めた。

「俺の勝ちだな」

「……負けた」

タカオはちょっと悔しそうではあるが、負けを認めた。

「よし、もう一回だ!!」

「お、俺腹減ったんだけど……」

ぐー、とタカオの腹が盛大に鳴る。

「お前、さっきなんか食ってなかったか?」

「あれはおやつ。もっとちゃんとした物食べないともう動けない」

タカオはぐったりとしながらそう言った。

ブラッハムの記憶では、タカオは普通に一人前くらいの量をとっていたはずだった。

あれは見間違いだったのか? と自身の記憶を疑う。

「そ、そうか……腹が減ったら戦は出来ないしな……よし、パンを持ってこい!」

本人がそう言っているのなら、自分の記憶違いだろうと、ブラッハムは食事を持って来るよう兵たちに指示を出した。

「おにぎりがいいな……」

「なんだおにぎりって？」

ブラッハムにとって、初めて聞く食べ物の名だった。

「あ、そっか……ここにはないのか。パンで我慢するしかないか……」

「我慢とは何だ我慢とは！　パンは美味いだろ！」

残念そうな表情のタカオをブラッハムが叱る。

「よし、タカオが飯食ってる間……ザット、ザット、今度はお前が相手だ！」

部屋の中で休憩をしていたザットに、ブラッハムはそう言った。

「嫌ですよ。何回やってると思ってるんですか。私は隊長より歳《とし》食ってるんですから、労《いたわ》ってください よ」

「老人みたいなこと言うな！　やるぞ」

「隊長に比べたら老人みたいなもんですよ、私の体なんか。これ以上やったら怪我するのでやめます。隊長も休むか、もしくは、しばらく一人で練習しててください。みんな疲れてますし」

ザットの言葉に、練兵場の中にいた兵士たちが、うんうんと頷《うなず》いた。

ブラッハムの過剰な訓練に付き合わされて、皆疲労困憊《ひろうこんぱい》という印象だった。

ただ、一番動いてるはずのブラッハムは、全く疲れていないようである。異常な体力だ。

「むむ、分かった……仕方ない。自分で練習する」

無理に訓練させると、隊員からの支持を失いかねないので、そう判断した。

皆が練習をやめようが、ここで休むという選択肢はブラッハムにはなかった。

一人で訓練を始めた。


「あー、疲れた!!」

数時間経過して、流石に疲れたブラッハムは、練兵場のど真ん中で倒れた。

流石に体力が豊富なブラッハムにも、限界は来ていた。

「ようやく終わりましたか」

「うお、お前いたのか」

ザットの声が聞こえてきて、ブラッハムは驚く。

練兵場にはブラッハムとザット以外の兵は存在しない。ザットも皆と一緒に帰ったとブラッハムは思っていた。

「私も訓練していただけですよ。まあ、隊長とは違って休み休みですけど」

「いつになく真面目だな」

「前から私は真面目ですよ」

「そうか……?」

ブラッハムは首をかしげる。

「隊長に話もありましたしね。訓練をやめないから、ずっとここで待ってるしかないじゃないですか」

「俺に話？　何だ」

「何だではないですよ。最近の訓練について兵から文句が出ています。個人の戦闘力を高める訓練は前から行っていましたが、それ以外にも隊としての連携を高める訓練も行わなければならないはずです。しかし、ここ最近は個人の戦闘訓練ばかり。しかも、かなりハードな訓練ときた。これでは、兵の士気も練度も下がってしまいます」

「む……しかし、俺は強くならないといけない」

「アルス様を守れなかったからですか？」

「……そうだ」

　ブラッハムは、はっきりと頷いた。

「アルス様は俺を牢《ろう》から出してくれて、家臣にしてくれた恩人だ。最初、家臣になった時は、俺の才能だから当然だと思っていたが、そうじゃないことにはもう気づいた。あのときアルス様がいなければ、俺はそのまま敵兵として処刑されていたか、もしくは無能な将として追い出されて、野盗にでもなってただろう。間違いなく、返しきれないくらいの恩があるのに、俺は守ることができなかった。もっと……もっと強くならないといけない」

　悔しそうな表情で、ブラッハムは語った。

「らしくなく真面目ですね」

「お、俺はいつでも真面目だぞ！　だいたい、あの時はお前も俺と一緒に護衛していただろ。だから俺の気持ちは分かるだろ」

「残念ながら分かりませんね」

「何？」

鋭い目つきでブラッハムはザットを睨む。

「過去のことを後悔しても遅いです。今更強くなっても、アルス様を守れなかったという事実は変わりません」

「そ、そんなことは分かっている！　だから、今度は守れるよう強くなろうとしているんだろうが‼」

「分かってませんよ。隊長は後悔のせいで、やるべきことを見失っています。精鋭部隊の練度を落としてまで、自分の訓練を優先するのが本当にアルス様のためになるのか、ローベント家のためになるのか、もう一度考えてみてください」

「く……」

悔しそうな表情を浮かべるブラッハム。

ザットの言葉が正しいと、内心理解していた。

どんなことがあろうと、精鋭部隊を背負う身である以上、部隊の士気の維持、それから練度の向上を行うことが、一番優先すべきことであるということは、ブラッハムも理解はしていた。

それでも、アルスを守れなかった弱い自分が、このまま弱くいることが許せなかった。

「まあ、焦る必要はないですよ。隊長は、まだ若い。それにアルス様が認めた才能がある。焦って訓練量を増やさなくても、普通に訓練しているだけでどんどん強くなっていくでしょう」

「……そうだな。お前の言う通りだ。明日からはいつも通りの訓練を行おう」

反省した様子で、ブラッハムは返答した。

○
（予想外なことになっちまったな）

トーマス・グランジオンは、カナレ城にある自室で、物思いに耽《ふけ》っていた。

彼はローベント家の正式な家臣ではない。

兵の訓練を行ったり、家臣に勉強を教えたりなど、活動はしているが、まだ正式に家臣になったわけではない。

しかし、ローベント家に仕えている有能な家臣の数々を見て、アルスの能力については、トーマスは認めていた。

このまま自分もアルスの家臣になるのも、いいかもしれない。そう思った矢先に、アルスが毒を受けたという報告を耳にした。

（……誰が暗殺者を？　サイツがやはり可能性は一番高いな。ただ、普通ならリーツやシャーロットなど、直接脅威になっている人物を狙うところだが、そうではなく坊主を狙ったとなると、サイツもだいぶ入念にカナレ郡について調べを入れているみたいだな）

トーマスはそう分析した。

リーツから暗殺者を雇った者について、聞いているわけではなかったが、状況的に予想はついていた。

（しかし、ミレーユの読みは、認めたくはないがよく当たる。奴の言葉通り坊主はいずれ、ミーシアンの覇者になるのではと、俺も思ったが……どうやら珍しく、奴の読みも外れちまったみたいだな）

ミレーユの力に関しては、トーマスも認めていた。人格が嫌いなので、仲よくしようなどとは一切思ってはいなかったが。

（坊主が死んでも、豊富な人材はいるにはいるが……ただ、坊主なしではこれから先、やってはいけないだろうな……となると俺もローベント家に居続ける理由はないし、別の州に行って仕官先を探した方がいいか……）

主君であるバサマークを討ったクランに復讐するというのが、トーマスの目標だ。

最低でもどこかに仕官しなければ、その目的は果たせないだろう。仕官できるかどうかはさておき、諦めるわけにはいかなかった。

（まあ、まだ坊主が死んだわけじゃねぇ。今はどうなるか見守るか）

四章　邂逅《かいこう》

私、アルス・ローベントは、自室の天井の辺りをふわふわと浮遊していた。

……どういう状況？

と思うかもしれないが、そう説明するしかない。

毒に冒され、夢か現《うつつ》か分からないような状況が、長く続き、気が付いたら今の状態になっていた。

恐らくだが、霊体だけが体から離脱しているのだと思う。

幸いなことに、この状態だと一切苦痛を感じないので、かなり楽である。

……いや、幸いなことではないか。こんな状況になっているということは、今私は死にかけているということである。

というか、こうなった時点で、魂は体に戻れず、死ぬのが確定しているのかもしれない。

一応、今のところ医者が私の死を宣告したりはしていないようだ。体は生命機能を維持しているようだが、それもいつ止まるかは不明である。

見下ろすと自分の体が見える。

見るからにやつれている。顔色は蒼白《そうはく》だ。今にも死にそうな、病人そのものの顔をしていた。体に魂が入っていないとでもいおうか……現に入っていないのか。

さっきまでリシアが私の側で看病していたようだが、今はいない。どうやらずっと私の看病をしていたので、体調を崩してしまったようだ。

自分のためにリシアが体調を崩してしまったのは、非常に申し訳ない。

リシアの代わりに、医者のマイクが私の看病をしている。

幽体である私は、自分の体から離れることができないようで、この場所から動くことができない。

あと、高度も下げられない。

天井付近にふわふわ浮くことしかできず、床の辺りに行くことはできないようだ。

しかし、私はどうなってしまうのだろうか？

正直、自分の体を見ると、そう長くはなさそうに見える。というか、このまま意識を失った状態で体が持つわけはない。

意識がないのだから食事が取れないし、点滴とかもこの世界にはない。食事を取れば、多少は寿命を延ばせるかもしれないが、食べなければすぐに死んでもおかしくない。

とはいえ、体に戻る方法はわからない。まあ、戻って食事を取ったところで、毒が消えるわけではない。苦しむ時間が長くなるだけであまり意味のないことである。

私は一度死んでいる。

唐突な死で、気付いたら転生していたので、実感はあまりないが、間違いなく日本で生まれ育った私は、あの時死んだのだ。

この世界での人生は、本来はなかったものだ。

そう考えると、死についても仕方ないと受け入れることができた。

弟のクライツはまだ幼いので、いきなりローベント家を率いるのは無理だろうが、家臣たちは有能だし、私がいなくなってもローベント家は大丈夫だろう。

リシアを残していくのは、非常に申し訳ない。かなり悲しんでいた様子だし。

でも、彼女ならきっと乗り越えるはずだ。

もう二度と会えないと思うと、非常に悲しい気持ちになる。

涙がツーと、頬を流れてきた。

涙は床に落ちる前に、光の粉となって霧散した。

今の私でも泣くことは出来るようだった。


「……アルス」


背後から突然、名前を呼ばれた。

聞き覚えのある、懐かしい男の声だった。

驚いて私は振り返る。

「……⁉」

金髪の髪、鋭い目つき、体格が非常に良く、見るからに強そうな見た目の男。

私の父である、レイヴン・ローベントの姿がそこにあった。

「父上⁉」

流石に驚いた。

私の知っている父の姿より、少しだけ若い。だけど、見間違えるわけがない。間違いなく父だった。

「アルス……！　私が見えるのか？」

父は驚いた様子で、そう尋ねてきた。

私は頷《うなず》いた。

「そうか……お主の魂が肉体から出てからも、ずっと近くにはいたのだが、見えていないようだったが、見えるようになったのか」

「そ、そうだったんですか？」

どうやら、父はずっと近くにいたようだが、今まで全く見えていなかった。

父は数年前に亡くなっている。

ということは、目の前にいるのは霊である。

私も死が近づいたので、見えるようになったのではないかと予想した。

「アルスよ。大きくなったな」

少し優しい目つきで、父はそう言った。

父に再び会えて嬉《うれ》しいと思ったが、しかし、すぐにその考えは変わった。

父に代わって、ローベント家を背負っていくと誓った。

その誓いはとても果たせそうにない。

「すみません……父上、すみません……」

私は項垂《うなだ》れてただ謝ることしかできなかった。

「なぜ謝る」

「なぜって……こんな形で会うことになって……」

「別に問題なかろう。魂が出てしまっているようだが、まだお主は生きておる」

「し、しかし……」

「毒に関しては、お主の見つけてきた、優秀な家臣たちが何とかするだろう。自分の家臣の力を信じられぬようでは、当主失格だ」

私が当然生き残るはずだと、父は思っているようだった。

しかし、私は父のようにはポジティブにはなれなかった。

確かに、ロセルたちが必死で解毒剤を作ろうとしているようだが、上手くいっているようには見えず、毒の症状を抑えることは出来ていない。

自分の家臣たちの力は信じている。

しかし、それでも出来ないことは当然あるだろう。

「さて、久しぶりに会えたのだし、少し話でもするか。どうせすぐに会えなくなるしな」

父はそう切り出してきた。

すぐ会えなくなるということは、私はあくまでも死なないと信じているようだった。

聞きたいことは色々あったので、父の提案に私は応じた。

「はい。父上はずっと私の側にいらしたのですか?」

「そうだな。死んだ後、物凄い力に引っ張られて、別の場所に連れて行かれそうになったが、何とか気合で踏ん張ってお主の近くに残ることができた」

「踏ん張ってって……」

本来は、前世の私が死んでこの世界に転生したように、父も転生しているはずが、それを気力で拒否しているのだろうか。相変わらずとんでもない人だな。

「お主にいくら力があると言っても、流石に当主としては若すぎたからな。行く末を見守らずにはおれんかったのよ。見るだけで、何か手出しをしたりは出来ぬがな」

「そうですか……でも、父上に見てもらえていただけで、嬉しいです」

父の死後、ローベント家が発展していくところを見て欲しかったと思っていたので、魂だけになっているとはいえ、見てもらえて素直に嬉しかった。

「お主のおかげでローベント家は、かなり大きくなったようだ。カナレ郡長にまで成り上がるとは。普通なら考えられないような出世をして……流石は私の息子だ」

父は私の活躍を手放しで褒めてきた。

生きている頃は、そんなに褒められたことはなかったので、少し照れくさい気持ちになる。

ただ、それと同時に何処《どこ》かモヤモヤした気持ちが胸に残っていた。

褒められて嬉しいはずなのに、どこか喜びきれなかった。

「これからも、お主はローベント家を導かねばならん。こんなところで死んではいられんだろう」

「……父上。確かに私は、家臣たちの才能を見出しましたが、人を見る目以外の長所はありません……その力も、完全に信用はできないと、今回わかりました。優秀な家臣たちはすでに十分います し、もう私の力は必要ないと思うのです」

父の前で本音が出てきた。

今までの功績は、ほとんどは家臣たちのおかげと言っていいものだ。

私自身は、家臣たちに任せたにすぎない。

さらに、鑑定結果を偽装する何らかの方法があるとなると、力すら完全には信用できない。

もはや、私の存在はローベント家には必要ないように思えた。

「クライツはまだ幼いですが……しかし、成長すれば必ず立派な領主になります。それまでなら家臣たちが支えていけば、問題ないでしょうし……別に私がこのまま死のうとも……」

「アルス……」

父はおもむろに拳を上にあげて、それを私の頭にゴツリとぶつけてきた。

「いたっ！？！？」

強い衝撃が走る。霊体でも、痛みは感じるようだった。

父に拳骨《げんこつ》を食らったのは、初めてのことだった。

「な、なにを……」

厳しいところのある父だが、意外と拳骨などの体罰を直接された経験はなかった。

「何をではない。全く呆《あき》れたな。立派な当主になったと思っておったが、まだまだ家臣たちの心を読めておらんとは」

呆れた様子で父は言った。

心が読めていない？

確かに私がいなくなって、混乱するし、悲しみはするだろうが……。

皆、優秀な人材だし、立ち直ってくれるだろう。

父の言葉は間違っている。そう思っていると、部屋の扉が開いた。

誰かが入ってきた。

「坊や〜、元気かい〜、って元気なわけないか〜」

ミレーユだった。酒瓶を片手に持っている。顔が真っ赤で、明らかに酔っ払っている。

「あの女はミレーユか……奴のことは以前から噂《うわさ》に聞いていたから、家臣にしたときは、私も流石に驚いたぞ」

「え？　ミレーユの事、知ってたんですか？」

「ああ。詳細は知らないが、領地経営でさまざまな不祥事を行い、追放された女だと聞いている。かなり昔、一度見かけたこともあるのだが、血に飢えた猟犬みたいな目つきをしていたのを覚えているぞ。この私でも近寄りがたく感じたのを覚えている」

「ち、血に飢えた猟犬？　ミレーユが？」

今のミレーユも、少し怖い部分はあるが、基本的に表情は朗らかである。若い頃のミレーユは、結構怖い人だったのかもしれないな。父が近づくのをためらうほどとは……。

「えーと、ちょっと席外してくれない？　坊やと二人っきりで話がしたいんだよね」

ミレーユが部屋にいた医者のマイクに頼んだ。

「え？　しかし、アルス様は今意識を失っていらっしゃいますよ」

マイクは困惑した様子で返答する。

「いいから、いいから～」

「は、はい」

追い出されるようにマイクは部屋を出ていった。

ミレーユは私が寝ているベッドのそばに腰掛けて、酒をグビグビと飲んだ。

「ぷはー!! やっぱ酒は美味いねぇー」

と美味しそうに酒を飲む。

「あの女は何をしにきたんだ」

「わ、分かりません」

私と父は、ミレーユの意図を測りかねていた。

ミレーユに私たちは見えていないし、声も聞こえないだろうから、尋ねることは不可能。

このまま見守るしかない。

ミレーユはその後、私の顔をじっくりと眺める。

「うーん、死相が出てるねぇ。体に魂が入ってないって感じだ。これは思ったよりまずそうだね」

結構鋭い。確かに魂は入っていない。

「魂が入っていないんじゃ、この体に話しても意味ないか。でも、近くに坊やの魂は浮いてるに違いない」

勘なのか分からないが、見事に今の私の状況をミレーユは言い当てた。

「坊やの魂がいる場所は……そこだ!!」

部屋の角を指差す。

私と父が浮いている場所とは、真逆の方向だった。

「逆だ、逆！」

声が届かないので無駄ではあったが、思わず指摘してしまった。

「切れ者なのか、何なのか分からん女だな」

父は呆れた表情を浮かべる。

ミレーユはそのまま何もない天井に向かって話を始める。

「しかし、坊やがこうなるとは予想外だったね～。何が起こるか分からない世の中とはいえ」

酒を飲みながらミレーユは話す。いつも通りの声色だったが、どこか寂し気な印象を感じた。

「坊やがこのまま死んじまうと、ローベント家もお終《しま》いかね～。リシアちゃんは多分あの感じだと、坊やが死んじゃうと、心労が祟《たた》って倒れちゃうだろうね。リーツは多分暴走しちゃうかな。今も倒れちゃってるし。シャーロットちゃんとロセルに、ローベント家を纏《まと》め上《あ》げるだけの器量はないし。ごたごたしてる間に、サイツに攻め落とされそう」

私の死後のローベント家の展望を、ミレーユは他人事のように語った。

私の予想していた未来とは、大きく違っていた。

ミレーユの予想が外れている可能性もある。だが、私より彼女の方が頭が良く、先の物事も良く見えているのは間違いなかった。

「アタシは知っての通り、あんまり他人に慕われるような性格じゃないからね。今のアタシがローベント家を率いるって言っても、付いてくる奴は少数だろう。弟のトーマスは、坊やが死んだら見限ってどっか行くだろうし……それとクランも、坊やがいないローベント家をカナレ郡長に就かせ続けはしないだろうし、ランベルク領主に格下げは間違いないよね。うーん、こりゃ詰んじゃったかなぁ。アタシも意外と早く、ローベント家を出ることになるかもね」

ミレーユは少し残念そうな表情を浮かべた。

嘘《うそ》や冗談を言っている様子ではなかった。

本気でそう思っているようだった。

私はミレーユの予想を否定したかった。

しかし、現在家臣たちがどうなっているのか、見に行けない以上、否定もできない。

「坊やは、もしかしたら自分がいなくても、やっていけるだろう、って思ってたかもしれないけど、無理だよね。結局、坊やが家臣にした奴らは、坊やが見出さなければ、何者でもなかった奴らなんだ。アタシにしたって、坊やがいなければ、今頃は酒飲みながら放浪の旅を続けてただろうね。悪評のついたアタシを家臣にしようなんて、酔狂な貴族は坊や以外いないだろうし。坊やが死ねば、皆、本来の何者でもない奴らに戻るだけさ」

ミレーユはつまらなそうな顔をして、酒を飲む。

「あーあ、つまんない事になったもんだね〜、アタシはどうすっかね〜。これを機に、サマフォース帝国の外に行くのもありかな～」

私が死んだ後のことを考えているようだ。ローベント家が駄目になるのは、彼女の中では確定事項のようだった。

「……ミレーユの方が、お主よりローベント家のことがよく見えておるようだな」

「………………」

父にそう言われ、私は反論することができなかった。

「アルスがこのまま死ぬと確信しているところは、気に入らぬがな。この程度の毒で、我が息子が死ぬはずがないというのに」

怒ったような表情を父は浮かべた。

死んでから、ちょっと親バカになってないか……？

「父上、絶対に私は生き延びなければいけないようです」

先ほどまでの迷いは完全に消えた。

自分が生き残らなければ、ローベント家は衰退するだけでなく、家臣にした皆が不幸になってしまうかもしれない。

勧誘した者の責任として、ここで自分が死んでしまうわけにはいかない。

……と言っても、自分ではどうしようもない気が。

魂だけの状態で、肉体には入れないし、自分の肉体が死ぬ前に、ロセルが解毒剤を完成させるのを待つしかない。

何とか肉体に魂を戻せれば、寿命を延ばせるかもしれないが、肉体に近づくことすらできないし。

「まだ迷っておるのか⁉」

「え？　ち、違いますよ！　戻り方が分からないだけです！」

父に怒鳴られて、私は反論する。どうやら、戻る方法を考えているのを、迷っていると勘違いされたようだ。

「戻り方？　そんなもの、生きたいと強く願いながら、肉体に戻ればいいだけだろう」

「……は？」

「私も生前、大怪我で大量に血を失い、魂を飛ばした経験がある。その時は、こんなところで死ぬものかと願い続けて、肉体に向かって進んでいったら、戻ることができた。そして、生き延びた」

完全に精神論だった。まあ、魂だけの存在になってしまったので、気合とかで解決するしかないんだろうな。

てか、父上はそんな壮絶な体験をしたことがあるのか。一兵卒から成り上がったらしいし、死線を越えてきた数は、一回や二回じゃないのかもしれない。

「まあ、最後本当に死ぬ時は、何をしようと戻れなかったが。天命というものには、何をしても逆らえんのだろうな」

その言葉を聞いて、父が死んだ時のことを思い出し、胸が痛んだ。

戻れなかったら、私は絶対に死ぬということだろう。

「お主の天命は今ではない。さあ、肉体に戻るんだ」

「分かりました。やってみます」

「うむ」

父は頷いた。

「父上、これからも私のことを見守っていてください」

「……それは無理だろうな」

申し訳なさそうな表情を父は浮かべた。

「無理って……なぜ？」

「さっきも言ったが、私は自分を引っ張る何らかの力に抵抗して、霊としてお主の近くにいたのだが、もうすぐ抵抗できなくなるだろう。まあ、今の状態は自然ではないので、自然な状態になるだけなのだろうが」

「………………」

父も、転生して別の存在になろうとしているのだろうか。記憶が残っているとは限らないが。

「男たるもの、一度は死ぬような目にあって、成長していくものだろう。私がそうであったようにな。今回の件で生き残れば、お主は真の意味で一人前の男になるだろう。私が見守る必要などないはずだ」

「……父上」

私を見て父はそう言った。

鋭い眼光だったが、優しさが溢《あふ》れていた。

「さあ行け、アルス」

父にそう促され、私は「はい」と言いながら頷いた。

「行って参ります。父上」


——生きる。


——必ず生き残ってやる。

私は強く願いを込めて、自分の肉体に戻ろうとした。

中々前に進めない。

しかし、徐々にだが肉体への距離は近づいていく。


「ぐううぅ……‼」

進むたび苦痛を感じた。

先ほど父にゲンコツを食らった時に分かったが、魂だけの状態でも痛みは感じるようだった。

――これ以上進みたくない。

――楽になりたい。

後ろ向きな気持ちが自然と心の奥底から湧き上がってくる。

その気持ちを強引にでも、押し込んだ。

家臣たちの顔、クライツとレンの顔、そして妻のリシアの顔を思い浮かべた。

このまま死んでも問題ないなんて、馬鹿なことを考えてしまったものだ。

――このままでは死ねない。死ぬわけにはいかない。

――――生き残る、生き残ってみせる‼

一切の雑念を排除して、生きるという事だけを念じ続けた。

襲い掛かる強烈な苦痛に、必死の思いで耐え続ける。

ゆっくりだが、着実に自分の肉体に近付いているのが分かった。


——生きる、生きる、生きる、生きる、生きる!!


無我夢中で念じ続けた。

そして、肉体に手が届く。

触った瞬間、真っ白い光が視界いっぱいに広がった。

先程までの苦痛が綺麗《きれい》さっぱり消え去る。

直後、自分の肉体に魂が引っ張られているような感覚がした。魂が肉体に戻っているのだろう。

もちろん抵抗はしない。

つま先から順に、魂が入り込んでいくようだった。

腰、腹、胸と、徐々に魂が肉体に入り込んでいく。

最後に頭に魂が戻った。

完全に魂を肉体に戻すことに成功した。

手をグーパーさせ、目を開ける。

体が動くことを確認する。

私は上半身を起こしてみた。

魂が戻ったとはいえ、毒は消えていない。

正直、かなり体はきつかった。この苦痛に耐えかねて、私の魂は肉体から逃げ出したのだと思い出した。

ただ、魂を肉体に戻すときの苦痛は、今感じている苦痛より一段階強い物だったので、逃げ出したくなるほどの苦痛には感じなかった。


――父上、ありがとうございます。無事、戻ることができました。


私は天井のすみを見つめて、そう心の中で呟《つぶや》いた。

視線を下ろすと、ミレーユがぽかん、としたような表情でこちらを見ていた。

本気で驚いたような表情だった。

あまりこういう顔は見せないので、新鮮だった。

「おはよう」

「……お、おはよう」

私が挨拶をすると、ぎこちない様子でミレーユは挨拶を返してきた。

「一つ言っておくが」

「な、何だい？」

「私は死なないぞ」

「もしかして、さっきまでの独り言聞いてたのかい？」

驚いたような表情を浮かべて、ミレーユは聞いてきたので、私は頷いた。

「いや～、さっきまでほんと死にそうな顔してたからね。でも、今は目に力があるね。顔色は悪いけど」

ミレーユはニヤリと笑みを浮かべ、

「やっぱり坊やは面白い男だね」

とそう言った。

○

意識を取り戻した後、空腹は感じていなかったが、何とか気合で食事を取った。医者が作ってくれた薬を飲むと、体の苦痛が少しだけ楽になった。

下手したら昨日のうちに死んでいたかもしれないので、何とか寿命を延ばせた。

もちろん、このまま解毒法が見つからなければ、そう遠くないうちに死ぬしかない。

毒に冒された状態では、まともに動くことはできないので、家臣たちが何とかしてくれるのを信

じて待つことしかできない。

それでも、何とかしてくれるだろうという、確信みたいなものがあった。


「アルス!!」


部屋にリシアが飛び込んできた。

そして、私に抱きついてきた。

強い力で抱きしめられ、痛いくらいだった。

リシアの体は小刻みに震えて、目から涙が溢れていた。

「アルス……死なないで……死なないでください……わたくしを置いていかないで……」

リシアの声は震えていた。

物凄く心配をかけてしまったようだ。

リシアは強《したた》かな女性だと思っていたが、まだ十代の少女なのだ。

年相応の弱さも持っているだろう。

「大丈夫。私は死なない」

「……本当ですか?」

「ああ。まあ、私は何もできないが、家臣たちが何とかしてくれる。皆、優秀な家臣たちだからな」

「…………」

私がそう言うと、リシアの震えが少しずつ治まってきた。

「そうですわね……アルスの力で見つけてきた家臣の皆様ですもの。信じないといけませんわ」

不安そうな声色ではあったが、気休めにはなったようだ。気づけばリシアの震えは止まっていた。

「相変わらず、ラブラブだねぇ」

とまだ部屋の中にいたミレーユが、ボソッと呟いた。にやにやと意地の悪そうな笑みを浮かべている。

「ミ、ミレーユさん⁉　なぜここに⁉」

「何でって、看病してたんだよ」

「う、嘘ですわ。看病なんてする方ではないでしょう」

「嬢ちゃんはアタシの事をどんな人間だと思ってるんだい。嘘はついてないよ。なあ坊や」

「ああ」

私は頷いた。

ミレーユの言葉に嘘はなかった。

あの後、帰らずにミレーユは私の看病をしてくれていた。

かなり意外な行動だった。ただの気まぐれなのか、意外と優しいのか、どっちだろうか。

「いま坊やに死なれたら、アタシも困るからね。看病くらいはしてあげるさ。医療の知識はないから、解毒剤の作成とかは手伝ってあげられないけどね」

打算的な考えもあるようだった。

その方が理由がわかって安心できる。ミレーユみたいな女に、理由もわからず親切にされると、あとで何をされるかわからなくて怖いからな。

「そうですか。何か妙な真似を考えてはいないですわね？」

「妙な真似って何だよ～。疑り深いな」

「普段の行いから当然ですわ」

リシアは厳しい口調で言った。

ミレーユに関しては、少し警戒感を持っているようだった。

「こんにちは～」

と元気な声をあげながら、部屋に誰かが入ってきた。入ってきたのはヴァージだった。

大きなリュックを背負っている。

何を持ってきたのだろうか。

「あ、ミレーユ様とリシア様、今日もお美しいですね～。と、アルス様、ちょっと顔色良くなりましたか？　このまま毒なんて吹き飛ばして、元気になりましょう！」

相変わらず調子よくしゃべる男だった。

普段は若干うるさく感じる時もあるが、病気で精神的に辛さがあるときは、元気づけられる。

「はいはい。で、アンタは何でここに来たんだい？」

目に見えたヴァージのお世辞をミレーユは受け流して、そう質問した。

「あ、そうですね。リーツ様から仕事を預かっており、こなしてきたのですが、そのリーツ様が倒れてしまっていて、誰に報告しようかと迷っておりまして。アルス様の部屋にミレーユ様がいると聞き、報告しに来た次第です」

テキパキとヴァージは説明をした。

「アタシに？」

「はい。リーツ様も動けず、アルス様も病気で伏せっているとなると、一番頼りになるのは、ミレーユ様で間違いありませんからね。アルス様の部屋に行くのは、騒がしくて失礼になると思ったのですが、なるべく早く報告した方が良いと思い、足を運びました」

「……ほう。中々見どころのある男だねアンタは」

ミレーユはまんざらでもなさそうな表情を浮かべていた。

さっきのお世辞は受け流したが、案外チョロいのかこの女は。それともヴァージの口が上手いのか。

「それで、リーツからどんな仕事を預かっていたんだい？　そのリュックに良い物が入ってんのかい？」

それは私も気になっていた。まさか、この大きなリュックの中に何も入っていないということはあるまい。

「えーと、リーツ様から、解毒薬や、毒について情報が書かれている書物などを、大量に仕入れて来いと命令されまして、気になる本とか、効き目がありそうな薬とかを持ってきました」

とリュックから色々な物を出していく。

「これがあらゆる毒に効くという伝説の万能薬……そして、これが、毒に対する抵抗力を上げる薬で……これが……何だっけこれ……えーと、毒による苦痛をゼロにする薬だ」

次々に薬を取り出していくヴァージ。

何だか胡散臭《うさんくさ》い。騙《だま》されているのではないかと思った。

というか、最後の薬に関しては、解毒薬じゃなくないか？　苦痛をゼロにするだけで解毒するわけじゃないんだし。安楽死用の薬じゃないか？

「薬も色々試してるから、今更効くかねぇ」

ミレーユも怪しむような目つきで薬を見る。

「そうですわね……下手に試して悪化させるとまずいですし」

リシアもあまり乗り気ではなさそうだ。

「う……ま、まあそうですよね……使うなら誰かが毒見するしかないかも……あ、そうだ！　あとこれですね。結構高かったのですが、役に立つかもと思って持ってきました」

ヴァージはリュックからまた何かを取り出した。

少しだけ光っている、紫色の液体だった。

とても薬には見えない。逆に毒に見える。

「それは何だい？　薬なのか？」

「これは毒の魔力水です！　これを使うと毒魔法が使えるんですよ。もしかして、アルス様の毒は毒魔法の可能性があるかもと思って、買ってみました。毒の魔力石はキャンシープ州でしか採れないらしく、ミーシアン州内では貴重な品で、市場には滅多に出回らないらしいのですが、少量ですが運良く売ってたので買う事が出来ました」

毒魔法か。

ナターシャは、最初ステータスを誤魔化していた時の魔法兵適性はCだったが、偽装が解けて本来のステータスが出た時、奴の魔法兵適性はAだった。

魔法兵適性Aは滅多に見かけない。

Bもあれば魔法兵になることが可能なレベルだ。

Aはめちゃくちゃ魔法のセンスがあるということである。

Sはシャーロットしか今まで見たことがない。そこまで行くと、サマフォース帝国内でも、両手で数えられるくらいしかいないかもしれないな。

とにかく魔法兵適性Aということは、魔法の扱いはかなり上手である可能性が高い。

毒魔法を操る事も出来るだろう。

「ヴァージ。ちょっと、毒魔法についての勉強が足りないみたいだね」

ミレーユが諭すような口調でそう言った。

「確かに毒魔法で毒を生成することはできる。だけど人を毒殺するような強力な毒は作れない。毒の効果が切れるまで、動きを止めたり、毒に冒された人間の体調を崩して、能力を一時的に下げたりみたいなものは作れる。相手の行動を妨害すると有利になるから、戦には使われることがあるけど、暗殺とかに使われることはあまりないね」

そうだったのか。

あまり詳しく調べたことはなかったので、知らなかった。ミーシアンの戦で、使われるケースも少ないし。

話に聞く限りでは、デバフをかける魔法みたいだな。毒殺はできなくても、使えなくはないのだろう。といっても殺傷能力に欠けるのでは、戦にどのくらい使えるか疑問だ。

「なるほど……い、いやでも、リーツさんに見つけたら一応買って来いって頼まれてましたけど……」

ヴァージは言い訳をする。

「リーツが……？　妙だね。魔法についてはあいつも詳しいとは思うけど……」

少し考えるミレーユ。

「あの……素人意見ではあるのですが、周知されていない人を殺《あや》めることのできる毒魔法があって、それを暗殺者さんが使ったという可能性はありませんか？」

　リシアがそう尋ねた。

　ミレーユはすぐに返答せず考える。

「……魔法については結構アタシも詳しい方だけど……世間に周知されてない魔法ってのは存在してもおかしくはない。それを使うには、通常の触媒機以外に、特殊な触媒機を使う必要がある。通常の触媒機では、周知されてる魔法しか使えないからね」

「なるほど……あり得ないわけではないんですね」

「ただ、毒の魔力水ってのは、総量があんまり多くなくて、開発はし辛いはずなんだよね。ただでさえ新魔法の開発は難しいからね。可能性はそんなに高くはなさそうだけど……リーッとしてはどんな小さな可能性でも試してみるべきって思ってたのかな？」

　ミレーユの話では、毒魔法である可能性は低いようだが、ただしゼロではなさそうだった。

　ナターシャは兵器適性もAだったはず。

　自分で触媒機を作ったという可能性も十分にあり得た。

　毒に詳しいであろうファムも、どんな毒が使われていたのか、全く分からなかったようだし、誰も知らない毒魔法が使われたという可能性は意外とあるかもと私は思った。

「もし、毒魔法が使われていたとしたら、どうやって解毒すればいいんだ？」

「毒魔法の中には、解毒をする魔法もある。まあ、解毒と言っても毒魔法での毒だけ解毒するって効果だけど。普通の毒には効果なし。それに仮に坊やの毒が、毒魔法によるものだとしても、効果があるとは断言はできないね。解毒するには解毒するための特別な触媒機を作成しないといけないかもしれない」

流石に解毒用の触媒機を今から作れとなると、詰みである。

いくらなんでも、そんな長い期間、私の体が持つとは思えない。

「とりあえず、普通の触媒機を使って解毒が通じるか、試してみませんか？　もしかしたら効くかもしれません！」

リシアがそう提案した。

確かに一応試してはみるべきである。

「物は試しだね。解毒の効果は魔法を使う人の実力が高いほど上がるから……シャーロットちゃんが使うべきだと思うよ」

「呼んできます!!」

ヴァージがそう言って、シャーロットを呼びに部屋を飛び出していった。

しばらくして、シャーロットが私の部屋にやってくる。

「毒魔法？　わたし使ったことないんだけどな。呪文も知らないし」

シャーロットは訓練中だったようだが、すぐに来てくれた。

毒魔法は使ったことがないようで、少し困惑している。

「書物室に行けば呪文のある本はおいてあるだろうけど……そうだな、ロセルに聞けば覚えているだろうから、すぐに教えてくれるだろうね」

「ロセル様も呼んできます!!」

シャーロットを先ほど呼んできたばかりのヴァージが、率先して呼びに行った。中々働き者だ。

「あれ？　てか、アルス様目覚めたんだね。おはよー」

「お、おはよう」

かなり軽い感じだった。

私が起きて感動しているとかそんな感じではない。

「アルス様が死ぬとかって言う人いたけど、やっぱそんなわけないよね～」

どうやらシャーロットは、私が死ぬはずはないと思っているようだった。

起きるのも当たり前の事くらいにしか、思っていないようである。

「アルス!!」

しばらく待っていると、ヴァージに呼ばれたロセルが部屋に入ってきた。

「本当に目覚めたんだね！　ごめんね、俺が不甲斐《ふがい》ないばかりに、解毒が全然できなくて」

ロセルは軽く泣いていた。

「謝る必要はない。ロセルは頑張ってくれたんだろ？」

「ううう……」

責任を感じていたのか、ロセルはボロボロと泣き始めた。

「泣いてる場合じゃないぞ～。ロセル、アンタ毒魔法の呪文覚えてるでしょ？　早くシャーロットちゃんに教えな」

泣いているロセルに容赦なくミレーユは言った。

彼女は結構ロセルに厳しい面がある。

割と成長を期待してそう言っているのかもしれない。

「す、すみません師匠。毒の魔力水が手に入るとは……もしかしたら、その可能性もあると思って、リーツ先生に仕入れるようお願いしていたんだけど……」

「なんだ。アンタが毒魔法に目をつけてたのかい」

「はい。もし毒魔法によるものだったら、普通の薬を使って効くわけがないので……まあ、毒の魔力水が見つかる確率は低そうだし、そもそも毒魔法がかけられてるって可能性もあんまり高くないとも思ってましたが、念のため……」

ロセルも、毒魔法であるという可能性は、高いとは思っていないようだった。

「解毒魔法の呪文は結構短くて、『その身を清めよ』だね。ちなみに発動したら、半径十メートル以内にいる人に解毒魔法の効果が出るんだ。距離で効果に差はない。まあ、俺たちに毒魔法がかけられてるわけはないから、全く関係ないけど。発動したら確実に解毒できるというわけではなく、魔法の能力が低い人が使った場合、症状が緩和するだけで、解毒しきれない場合があるよ」

「ふーん、じゃあ、わたしが使えば確実に解毒できるんだね」

シャーロットは自信満々な表情で言う。

「確実ではないよ。アルスがくらった毒が毒魔法によるものとも限らないし、もし毒魔法によるものだったとしても、特殊な触媒機を用いて使った魔法だろうから、効果が出ないかもしれない」

ロセルは首を横に振った後、説明をした。

「ふーん、まあ、無理な時もあるってことね」

シャーロットはロセルの説明をよく分かっていないようである。

「とりあえず使ってみようかー。小型の触媒機持ってきたから、魔力水を入れよう」

自分で持ってきた小型触媒機に、シャーロットは毒の魔力水を入れ始めた。

その後、呪文を口にした。

「その身を清めよ‼」

呪文を唱えた瞬間、白い光が、雨のように周囲に降り注ぎ始めた。私の体にも降り注いでくる。

この光に当たれば、解毒されるのだろう。

何だか、徐々に体が楽になっていくような感覚がする。

数秒間光は降り続け、止まった。

「よし、終わり。どう？　楽になった？」

シャーロットが尋ねてきた。

「ちょっと楽になった……間違いない」

嘘ではなく答えた。

完治したという感じはしないが、間違いなくさっきまでより、症状は緩和した。

「ほ、本当に効いた……!!」

ロセルは驚くと同時に喜んでいるようだ。

「よーし、じゃあ、このまま安静にしてたら治るでしょ。良かった良かった」

軽い感じでシャーロットは言った。本当に私が死ぬとは全く思っていなかったようだ。

「よ、良かったです……アルス」

リシアは感動して、目に涙を浮かべていた。

彼女には悪いけど、感動するにはまだ早い。

「ま、待って……症状は緩和したけど、毒が完全に消えたわけではないんだね？」

「ああ」

ロセルに尋ねられて私は頷いた。

「なるほど……正直、綺麗さっぱり解毒できないと、安心はできないね。時間が経てば症状が悪化するかも」

私もその可能性はあると思った。魔法で作った毒なだけに、体の免疫だけでの回復は難しい。毒

が少しでも残っているのなら悪化していくかもしれない。

毒に時間制限があるのなら、待っていたら治るが、楽観的な考えは持たない方がいいだろう。

あの暗殺者がそんな優しい毒を使ってくるとは、私は思えなかった。

「確かに厄介そうな毒だからね。まあ、しばらくは様子を見た方がいいね」

ミレーユも完全に解毒できたとは思っていないようだ。

「まだ魔力水残ってるし、それ使って消し去ればいいんじゃない？」

シャーロットがそう提案する。

ヴァージが買ってきた毒の魔力水は、量的には小型触媒機三つ分ほどのものだ。

あと二回は、解毒魔法を発動することができる。

二回使えば毒を消し去れるかもしれない。

「確かに残ってるね。二回使ってみて」

ロセルがそう頼む。

シャーロットがその言葉に従い、解毒魔法を二度使用した。

めちゃくちゃ体が楽になった。

今なら起き上がって運動もできそうなくらいだ。

もしかすると、完全に毒が消えたのかもしれない。

「な、治った……のか？　症状がほとんどなくなったんだが」

「とりあえず、このまま数日様子を見よう。まだ僅かに毒が残ってるかもしれない」

ロセルはそう結論を出した。


数日経過。

解毒が完了したかと思われたが、やはりそう甘くはなかった。

ちょっとずつ症状が出始めてきた。

完全に毒が消えたわけではなかったのだろう。

だいぶ楽にはなったのだが、このまま放っておくと悪化していくのは間違いない。

ただ、解毒魔法で症状の緩和が出来ると分かったのは、収穫である。

全く効かないという可能性もあり得ただけに、大きな発見だ。

完全に解毒するには、毒の魔力水を大量に集めて、大型の触媒機で解毒魔法を使用すればいいかもしれないと、ロセルが結論を出した。

確実な方法とは言えなかったが、解毒用に新しい触媒機を開発する、とかに比べたらまだ現実的な作戦だった。

毒の魔力水は希少なものだが、ミーシアン州外では、一応出回っている。

キャンシープ州でしか毒の魔力石は採掘できない。ただ、毒魔法はそこまで強力ではないので、キャンシープ州も重要視はしておらず、貿易規制などもかかっていない。

仕入れようと思えば、仕入れることはできた。

希少なものなので値段は張るが、この際仕方ない。

最近の好景気で税収が増え、使えるお金も増えているので、痛い出費にはなるが、払えないことはない。

仕入れは海路で行う。

まずはセンプラーに行き、船乗りと交渉して、仕入れてきてもらう。

この役目は、ヴァージに任せた。あとは、毒の魔力水をヴァージが仕入れてくるまで、待つだけ、と思っていたが、問題が発生した。


サイツ州がカナレに向かって侵攻を開始したという報告が、突如飛び込んできた。

○

カナレ城、会議室。

ローベント家の家臣たちが集まって、緊急会議が開かれていた。

アルスの姿はない。毒が完治していないので、自室で安静にしている。

彼の代わりに、リシアが議長としてまとめ役を務めていた。

アルスが倒れている時は、意気消沈していた彼女だったが、アルスの意識が回復し、解毒に関して希望も出てきたことで、元気を取り戻していた。

過労で倒れていたリーツは、目覚めて動けるようになったが、顔色はあまり良くない。

まだ回復はしていない様子だった。

ロセルからはまだ休んでいるようにと制止されていたが、こんな状況で休むわけにはいかない、と無理を押して会議に参加していた。

「ところで、坊主は無事なのか？」

トーマスがそう質問した。普段、会議には出たり出なかったりだが、今回の会議には出席していた。

「一時期は結構元気になったけど、また少し体調崩しだしたみたいだね。しつこい毒だよ全く」

トーマスの質問には、姉のミレーユが答えた。

「でも、ヴァージさんが毒の魔力水をいっぱい仕入れてくれれば、きっと完全に解毒できます。センプラーに着いて交渉したようですが、すでに商談は成立したみたいですよ」

ロセルがそう言った。

ヴァージは事あるごとに、カナレに向けて手紙を書いて近況の報告をしているが、かなり順調に進んでいるようである。

「本題に入りましょうか。サイツ州がカナレに向けて、侵攻を開始しました。どう対処すべきか、話し合いましょう」

リシアが会議の進行を開始した。

「詳しい状況を改めて確認します。サイツ州のプルレード砦《とりで》から、進軍を開始しました。今回出撃した兵は一万に満たない数ですが、装備はかなり良く、魔法兵もかなり多いようです。兵の総数はそれほど多くはありませんが、強力な部隊です。進軍速度も速く、クメール砦には二週間ほどで到着すると思われます」

ロセルがそう説明をした。

「援軍の要請は出したのですか？」

「はい。クラン様に援軍の要請はすでに出しておりますが、敵の第一陣の侵攻には間違いなく間に合いません。この第一陣を凌《しの》ぎさえすれば、あとは援軍が来てくれるでしょうから、守り切ることができると思います」

リシアの質問に、ロセルは答えた。

「アルスが倒れてゴタゴタしている間に、クメール砦を落としてしまおうっていう作戦かい。暗殺者を雇ったのはサイツだってのは、確定の情報なんだよね」

「……ああ、間違いない」

リーツは気分が悪そうな様子で返答した。

「敵の作戦に乗らないよう、ここは皆で一致団結して戦いましょう。アルスにも良い報告を届けねばなりません」

　リシアがそう言って、場の空気を盛り上げた。


「戦の指揮は僕が執ります」


　リーツが立候補した。

「ま、待って。リーツ先生はだいぶ疲れてるんだから、戦には出ない方がいいよ」

　ロセルが心配した様子で止めに入る。

「それは出来ない。倒れてしまって迷惑をかけた。僕はその分を取り戻さないと……」

　リーツは焦ったような表情でそう言った。彼の顔色は正直良くない。会議に参加するのすら、止められたくらいだ。戦に出るというのは傍《はた》から見ると難しいようにしか見えないが、責任感の強さから自分がやらないといけないとリーツは思っていた。

「リーツさん」

　少し険しい表情を浮かべて、リシアはリーツに呼びかけた。

「無理をしてしまっては、もう一度倒れてしまいます。指揮官が倒れてしまえば、勝てる戦も勝てませんよ」

「そ、それは」

「領主代理として命じます。今は城に残ってください」

「……分かりました」

リシアの言葉は正論だった。何の反論も出来なかった。

「戦にはアタシとシャーロットちゃんが行くよ。なに、心配するな。普通にやれば負けることはない」

「だね～。前と同じくコテンパンにしてやる」

ミレーユとシャーロットが自信満々な様子でそう言った。

「あ、そうだ。トーマス、アンタも来るんだ。戦ならアンタみたいなのでも、役には立つでしょ」

「は？　てめぇと一緒に戦うのなんざごめんだな」

心の底から嫌悪しているという表情でトーマスは言った。

「いつまで反抗期みたいな態度を取ってるんだい、アンタは。いいから来るんだ。じゃないと、昔アンタが……」

「お、おい！　何の話をする気だ！」

「さあ？　まあ、話されたくないことがあるんなら、大人しく従った方が良いかもよ」

「ちっ。分かった、行ってやるよ」

ミレーユには色々と弱みを握られているので、トーマスは従うしかなかった。

「……すまない。頼む」

リーツは深々と頭を下げてそう言った。

「あの、三人とも油断はしないでくださいよ。前回は確かに勝てましたが、相手も対策はしてきてるでしょうし。数は少ないといっても、それでもカナレ全軍より多いですし」

「大丈夫、大丈夫。砦攻めは難しいし、問題ないさ。まあ、クメール砦は古い砦だから、ちょっと頼りないんだけどね」

ネガティブな様子で忠告をするロセル。ミレーユは相変わらず、楽観的な様子だった。

「緊急報告です」

突如、会議室に人が入ってきて、そう報告した。前触れがなかったので、全員少し驚いた表情を浮かべる。

入ってきたのは、シャドーの一員、ベンだった。

リシアは誰か分からず戸惑ったような表情を浮かべている。

「えーと……あなたは………」

「シャドーのベンです」

「あ、ベンさん！　わたくしったらお会いしたことあるはずなのに。申し訳ありません」

「よくあることですので、お気になさらず」

ベンは顔に何の特徴もない、めちゃくちゃ地味な見た目をしている。密偵として諜報《ちょうほう》活動や工作活動を行う際は、非常に役に立つが、日常生活では他人に顔を忘れられがちだった。

「カナレの街にて、アルス様が毒殺されたという情報が流れている模様です。すでに信じている領民も多くおり、動揺が広がっております」

特に気にした様子はなく、ベンはすらすらと報告を行った。

「え……えぇ⁉」

ロセルは報告を聞き、動揺して声を上げる。

「……なるほど、サイツの策略だね。全くのデマじゃない、ってことで信憑性《しんぴょうせい》も出てしまっている。実際坊やは、毒にやられてから一切外には出ていないだろうし」

ミレーユが冷静に事態を分析した。

「そ、そうですね……アルスは人材発掘も兼ねて、街に出歩いたりしてましたから……困ったことになったなぁ。領主が死んだって噂が流れれば、兵士たちにも動揺が広がるし、士気にも影響する」

ロセルは困り顔を浮かべながらそう言った。兵士たちも普段はカナレの領民として生活している者がほとんどである。噂が広がれば、士気が低下する可能性は高かった。

士気の低下は戦の勝敗を大きく左右する。由々しき事態と言えるだろう。

「シャドーは何でこんな噂が流されるのを、阻止できなかったんだい？」

「現在暗殺者探しを団長を中心に行っており、カナレの街で活動しているのは私だけで、どうしても人員が足りておらず、阻止できませんでした。面目次第もございません」

謝るベンだったが、相変わらずあまり表情は動いていなかった。

「起こってしまったことは仕方ないけど、暗殺者探しに全力を注いでたのは、少し不用意だったね」

「それは僕が命じていたから、僕のせいだ……」

リーツが悔やむようにそう言った。

「い、いやリーツ先生は悪くありませんよ！　解毒の方法は暗殺者でも捕まえないと、分かりそうになかったですし」

「そうだとしても、解毒魔法が効くと分かったら、命令の変更をしておくべきだった」

「そ、それは、倒れてたし仕方ないよ」

落ち込むリーツを、ロセルがフォローする。

「とにかく起きてしまった以上、対策を考える必要があります。誰の責任かは今はどうでも良い話です。何か案はありますか？」

話が逸れそうになったところを、リシアがそう尋ねた。

「案と言っても……うーん、そうですね……アルスが無事に外を歩く姿を領民に見せる以外、方法はないような……嘘だと言っても、アルスが姿を見せないなら信じてもらえないかもしれないし。逆に怪しまれるかも。似た別人を用意するって手もあるけど……そんなのすぐに見つからない」

「領民の前に姿を見せるってのが、一番効果的なのは同意見だね。問題は坊やにそこまでの体力があるかどうかだけど」

ロセルの言葉にミレーユは同意した。

「今のアルスは……体調が悪くなっているのは、間違いないですが、歩くことは可能だと思います。今は症状の進行はあまり早くないようなので、何とかなると思います。負担をかけてしまうことにはなると思うのですが」

「心苦しいけど、ほかに手がないなら頑張ってもらうしかないです。一度本人に聞いてみましょう」

「そうですわね……」

リシアは浮かない表情で頷いた。

無茶をしてまたアルスが倒れて、動けなくなったらどうしようか、不安になっていた。

「坊やの元気な姿を見せるってのは、領民の動揺を解消する効果もあるけど、同時にサイツ側に暗殺の失敗を知らせることになるから、上手くいけば戦わずに済むかもしれないね」

「た、確かに！　アルスが毒死したという噂を流しているのがサイツなら、サイツの密偵がカナレに侵入しているはず。となると、サイツにもアルス健在の情報が伝わる……元々、暗殺まで企てたのは、普通に攻めてカナレを落とすのは難しいと思ってるからで、暗殺が失敗したとなれば、一旦兵を引く可能性が高い。戦わずに済むなら、その方がいいですね」

ミレーユの言いたいことを、ロセルは察した。

「いずれにしろアルス次第ですわね。本人に体調を尋ねましょうか」

「……そうですね」

リシアの言葉を聞き、ロセルは頷いた。

「坊やが動けないようなら、防ぎ切るという話もなし、兵士が動揺した状態で戦をする必要が出てくる。アタシは早めに兵を動かす準備をしておくよ」

「お願いします」

「わたしも行く！」

ミレーユとシャーロットが、一緒に戦の準備をしに行った。

今後の方針は決まり、軍議は終了した。

○

サイツが攻めてきたと報告があった後、緊急で軍議が開かれた。

私は軍議に参加したかったのだが、体を治すことを優先するようにと言われ、ベッドで寝ていた。

正直、歯痒《はがゆ》い気持ちだったが、有能な家臣たちのことだ、きっと最善の戦略を見つけ出すことだろう。

しばらくすると、リシア、リーツ、ロセルが寝室に入ってきた。

「アルス、先ほど軍議は終わりましたわ」

「そうか、ご苦労だった。本来なら私も参加するべきだったが、すまなかった」

「いえ、大丈夫ですわ」

「それで、どういう状況なんだ？　サイツはどれくらいの軍勢で攻めてきている？」

「えーと、それなんだけど……」

リシアの代わりにロセルが現状の説明を行った。

サイツは、精鋭部隊に先陣を切らせており、クメール砦を素早く陥落させるつもりで、さらにカナレに私が死んだという噂を流し、動揺を誘ってきているようだ。

その計略はうまくいっているようで、すでに私の死を信じている領民も多いらしい。

なるほど、確かに領主が死んだとなれば、民は動揺するし、兵士の士気も落ちるだろう。

噂は嘘だと言うだけでは、払拭しきれない可能性も高い。一度信じたことを変えるのは、言葉だけでは難しい。

私が実際に姿を見せるというのが、一番効果的なはずだ。

「体調的にはどうでしょうか？　外を歩くことはできますか？　もちろん難しいようなら、安静になさってください。アルスの身が一番大事ですので」

「うーん……」

リシアに尋ねられて、少し考える。

出来なくはない……と思う。体調は確かに良くないが、一番酷かった時に比べれば、全然楽である。

ただ、最近あまり歩いていないので、長く移動したらどういう感じになるのかは疑問だ。

歩いている最中に倒れでもしたら、噂を払拭するどころか、一部は正しいと証明してしまうことになりかねない。

「決して無理はなさらないでください」

リシアが心配そうな表情で言ってきた。

「いざという時は、この身を賭してでも、敵を殲滅《せんめつ》するつもりですので、アルス様はご無理をなさらなくても大丈夫です」

そう言ったのはリーツだった。

彼なら本気で自分を犠牲にしてまで、敵を倒しに行きかねない。

ここでずっと寝ているのは、流石に領主として気が咎《とが》める。

元々は自分が鑑定能力を過信したせいで、毒を受けてしまったのだ。そのせいで戦になり、大勢の兵士を死地に追いやってしまうのは、領主として失格である。

「私なら大丈夫だ。街を歩こう」

結論を出した。

それから、私は急いで準備を終わらせて、街の中を歩いた。

遅ければ遅いほど、噂は広がるし、私の毒も進行していくので、決行を遅らせることにメリットなど一つもない。

やると決めたらすぐにやるべきだと思い、実行に移した。

私の隣には妻であるリシアがいる。

仲良くデートという感じで歩く。

もちろん、護衛の兵士も数人付いている。

ブラッハムとザットたち、リクヤ、タカオなど腕に覚えのあるものたちだ。

一般人に紛れてベンも近くにいるはずだが、何処にいるかは分からない。

サイツの刺客が街中に潜んでいる可能性もあるので、警備に気を抜くことは出来なかった。

正直、体はきつかった。

毒の苦しみもあるが、最近はずっと寝ていて、筋力が著しく低下していたというのも大きい。

それでも領民たちに悟られないよう、何とかいつも通りに歩く。

私たちの姿を見ると、領民たちはざわついていた。

「あれ？　アルス様だ！」「亡くなったんじゃなかったのか？」「なんだデマだったのかよ！」

驚く者や、噂に対する怒りを露《あら》わにする者など、反応はさまざまだ。

広場に行くと、人が結構集まっていた。

話を聞きつけてきたのだろう。

予定とはちょっと違うが、一旦ここで領民に向かって話をした方がいいかもしれない。

私は何とか体力を振り絞って、大声を出した。

「何やら私が死んだと噂が流れていたようだが、見ての通り嘘である！　足を怪我してしまったせいで、まともに歩けず街に行けなかったが、死ぬような怪我ではない！」

言い終わるとどっと疲れたが、外に出ていなかった理由も説明したし、この話が広まれば、私が死んだという噂はデマ認定されて、消えてなくなるはずだ。

その後、すぐには帰らずに街中を歩き回って、姿を見せ、二時間ほど歩き続けて城に戻った。

城の中に入った瞬間、気が抜けて私は倒れそうになり、ふらついた。何とか踏ん張って耐える。

「ア、アルス！　大丈夫ですか？」

リシアが支えてくれた。

「大丈夫……ではないな……正直、体力の限界だ。でも、これで噂は消えるよな」

「はい、ありがとうございます。よく頑張ってくれました。早く寝室へ行きましょう」

私はリシアに支えられながら、何とか寝室へと戻り、ベッドに入って休息を取った。

○

プルレード砦。

ボロッツは、部下から報告を受けていた。現在のカナレについての報告だ。

「アルス・ローベントが、街中を歩き、死んだという噂は消え去りました。どうやら、アルス・ローベントは生きている上に、解毒も成功している様子です」

「本当に本人だったのか?」

「声も聞きましたし……妻のリシア、また有力な家臣たちの姿も確認できたので、本人で間違いないかと」

「……ゼツめ、解毒はできぬと……嘘ではないか」

声は冷静だったが、その表情は怒りに満ちていた。部下はその表情を見て、気圧《けお》される。

「それから、ローベント家から書状が送られてきました」

「書状?」

「はい、こちらです」

送られてきた書状をボロッツは見る。

アルスは健在であるということ、それから戦を行うのはお互いのためにならないので、停戦すべきという提案、最後に兵を引いても追撃はしないと約束する、ということが書かれていた。

(……こんな書状を送ってくるということは、ゼツを雇ったのは私だということと、今回の戦略について全て把握はされているということだろうな。仮に追及してきたとしても、戦をするつもりはないというのは、本当のことだろう。兵を引くべきか……）

ボロッツは考える。

今、兵を引いても、大きなデメリットはない。

計略が失敗したのにもかかわらず、戦を仕掛けたら、大敗するリスクはあるので、ここは停戦の話に乗るのが無難だった。

アルス暗殺という目的は果たせなかったが、二度目の大敗を喫するよりは、だいぶマシだった。

（いや……そもそも暗殺が失敗したと考えるのは早計か？　一時的に症状を緩和させただけで、解毒自体には成功していないかもしれない。ゼツのあの自信から、そう簡単に解毒ができない毒を使ったのは明らかである）

怒りを鎮め、冷静にボロッツは思考を巡らせる。

「返答の書状を書く。書き終わったら、ローベント家に届けてくれ」

「かしこまりました」

ボロッツはそう言って、ペンと羊皮紙を取り出し、ローベント家に向けた書状を書き始めた。

○

カナレの街を歩いて数日後。

体調はやはり少し悪化していたが、歩いたことでの疲れは抜けていた。早くヴァージが毒の魔力水を買って来て、完治できればいいんだが。

サイツには停戦の書状を送ったようだ。

敵兵は進軍を止めていない。

解毒が不完全だったと見抜いているのだろうか？

出来れば戦にはなって欲しくない。

今の状態で敵が攻めてきても、負けない可能性は高いと思っているが、勝てたとしても兵士は犠牲になるだろうし、資源も使う必要が出てくる。

戦は避けられるなら避けたかった。

「アルス、今宜しいでしょうか？」

部屋の扉の向こうから、リシアの声が聞こえてきた。何か用があるようだ。

「大丈夫だ」

すぐに返答すると、「失礼しますわ」と言ってリシアが入ってきた。

訪問者はリシアだけでなく、リーツとロセルもいた。

「体調はいかがですか？」

「正直にいうと少しキツイが、一番苦しかった時期に比べたら、全然マシだ」

「そうですか……」

リシアは少し心配そうな表情を浮かべた。

「それで？　何か用があって来たんだろう？」

ただ体調を見に来ただけなら、リーツやロセルと一緒には来ないはずだ。

「はい、サイツ州から返信の書状が届きました。こちらはアルスに読んでもらった方がいいと思い、持って参りましたわ。もし、体調が良くないようでしたら、読まなくても良いですが、どうなさいますか？」

リシアはそう言って、丸められた羊皮紙を取り出した。

毒に冒された状態で苦しいとはいえ、流石にサイツの返答には、直接目を通しておきたい。

「大丈夫だ。読ませてもらおう」

私はリシアから書状を受け取った。

書状を広げて、書いてある文章を読む。

『アルス・ローベント殿

書状を読ませていただきました。ご健康になられたとのこと、大変喜ばしい限りです。

今回、兵を動かした件についてですが、州境付近にて、野盗が存在するという噂を聞いたため、出兵した次第でございます。元傭兵団《ようへいだん》の野盗なため、戦闘力が高く、確実に討伐するため多めに戦力を動かしました。

カナレを侵略する意図はございません。

しかし、これらの行動は、カナレにとって侵略行為に見えても致し方ないこと。

事前に報告を忘れてしまったのは、こちらの大きな落ち度であります。

直接謝罪に伺いたいと思っております。

もし、問題ないようでしたら、ご返信をお願いします。

ボロッツ・ヘイガンドより』

直接謝罪したい……か、これはただの建前で私が本当に解毒に成功したのか、確認したいというところだろうな。

野盗がいたとかいうのは、どう考えても嘘だ。

どんなに厄介でも、野盗ごときで一万近い兵は動かさないだろう。

野盗退治を理由にしているので、謝罪の意を示しながら、進軍自体は止めない、という戦略をとっていると推測できる。

そして、こういう手紙を出してくるという事は、ボロッツ・ヘイガンドは、こちらが暗殺者を雇った者の正体を知らないと思っているのだろうか。暗殺について知られていると思っているのなら、流石に報復が怖くて直接会おうなどとは思わないはずだが。

ただ、面談中にボロッツを暗殺するという事は流石にしないが。それでは戦が終わらない。

こちらが戦をやめたがっているという心理を利用しての行動かもしれない。

「読んだらわかると思うけど、謝罪とかは建前で、アルスの無事を直接確認したいって事だと思う。もし、これを断った場合は、アルスは無事ではないと判断して、最初の予定通りクメール砦を攻撃してくると思う」

ロセルがそう言った。

「なるほど……そう考えると許可したほうが良いだろうか……戦はなるべく避けたいしな……ただ、私の体力が持つかどうかだが……」

症状は確かに悪化している。

ボロッツ・ヘイガンドと会うのが、いつになるのか分からないが、明日明後日という話ではないだろう。

面談する日になって、まともに起き上がれない状態になっていたら、健康になったというのが、嘘であるとバレてしまう。

難しい判断ではあるが、ここで面談を断ると戦が起こるのは確実になってしまう。

「これ以上アルス様にご無理をさせられません……敵を全力で撃退する準備を行い、確実にサイツを撃退します」

リーツは戦う気のようだ。ロセル、リシアも反論はしない。いざとなれば、戦う気でいるようだ。

私は考えて、そして結論を出した。

「いや、面談の話を受けようと思う。当日、体調が持つかは分からないが、話を受けないと戦が起こるのは確実なら、一度は受けておいた方がいい」

「アルス様……しかし……」

リーツは反対のようである。焦ったような表情を浮かべていた。

「アルスならそう言うと思っていましたわ。わたくしとしては止めたいという気持ちもありますが……でも、アルスが面談をしたいと言うのなら、反対はいたしません」

リシアは私の決断を尊重しているようだ。

「大丈夫だ。面談するだけだろう。ボロッツにカナレ城に来てもらえば、移動する労力もかからない。謝罪したいと言っているのだからあちらが来ないとおかしいしな」

私は皆を安心させるため、自信があるような態度でそう言った。実際は不安も大きかったが、やるしかないだろう。

戦を回避するためにも、出来るだけの事はやるべきだ。

「……承知いたしました。サイツには面談を設定すると返答いたしましょう」

リーツが覚悟を決めたような表情でそう言った。

サイツ州との面談をすることになった。

○

サイツに対する書状は無事届けられた。

馬の扱いの得意なものに、一刻も早く届けるようにと命じたので、数日ほどで到着したようだ。

馬を速く走らせると、乗っている人間もかなり疲労する。書状を届けてくれた兵には、あとで特別報酬を与えないとな。

書状にはカナレ城で会うということ、それから進軍を停止することを、面談する条件として明記した。

進軍の停止には応じない可能性もある。

一応野盗退治とサイツ側は説明しているので、それをやめると無辜《むこ》の民に被害が出てしまう、とか言って断るかもしれない。

どういう返答をしてくるか。サイツからの書状を待ち、数日後。

クメール砦にボロッツ・ヘイガンドが来たのでカナレ城に案内している、とミレーユから報告が来た。

正直、予想外だった。

一度、書状を送ってから来ると思っていたが、こちらが面談しても良いという姿勢を見せたことで、早めに会おうと思って来たのだろうか。

サイツに対しては、進軍を止めろと、条件を出している。その条件を受け入れたかは不明である。受け入れたことが確認できなくてもカナレの領土まで来た以上、追い払うことは出来ない。面談するしかないだろう。

もしかすると、こちらの思惑を見透かしての来訪だったのかもしれない。

ただ、私としては早く来てくれた方がありがたかった。

時間が経てば体調がもっともっと悪化していくかもしれない。

今の私はすでに正直立ち上がるのがやっと、というくらい体調が悪化している。

意識はしっかりしていた。

面談がうまくいくかどうかは、自分の精神力にかかっている。実際に面談するまで、正直どうなるかは分からないが、もうちょっと時間がかかっていれば、他人と話していられるような状態ではなくなっていたかもしれない。

そうなると面談どころではないので、早く来てくれたのはありがたい限りである。

「アルス様、ボロッツ・ヘイガンド殿がいらっしゃいました」

家臣からそう報告を受けた。

○

「ご足労いただき、誠にありがとうございます。カナレ郡長のアルス・ローベントです」

応接室。

私はボロッツを迎えていた。

彼の両隣には護衛をしている家臣が二人。三人で来たのだろうか。

早く移動するなら、大勢は難しいとはいえ、それでも三人はちょっと不用心ではある。

カナレ側にボロッツを暗殺しようという意図は一切ない。恨みはあるが、戦を防ぐために、復《ふく》讐《しゅう》など考えている場合ではない。

ちなみに、私ももちろん護衛はつけている。ここで暗殺を仕掛けてくるなど、無謀なことはしないとは思うが、それでも用心するに越したことはない。サイツは決して味方とは言えない相手である。

リーツと、ブラッハム、ザット、ベンなど、腕に覚えのある者を護衛に選んだ。

リーツはボロッツを見るや否や、物凄く怖い表情をしていた。

流石に怖い表情をしたのは一瞬だけで、すぐに笑顔に変わったが、逆に怖い。

私もボロッツに対して怒りは感じるが、ここは我慢だ。

「初めまして、ボロッツ・ヘイガンドと申します。よろしくお願いします」

ボロッツは深々と頭を下げて、挨拶をしてきた。

優しそうな印象の顔の男だった。

見た目だけでいうと、暗殺者を雇ったり、戦を起こしたりしそうには見えない。

リーツの話では、ボロッツの部下が暗殺者を探していたので、彼本人が指示を出していたという可能性が高い。その部下が独断で私を殺すため暗殺者を雇ったという可能性は、流石に低いだろうし。

あくまで報告を聞いただけなので、確固たる証拠は用意できないから、暗殺を糾弾したりは出来ない。と言っても、元からするつもりもないが。

私はボロッツを鑑定してみた。

ボロッツ・ヘイガンド　36歳♂
・ステータス
統率　85／91
武勇　71／77
知略　75／80
政治　92／95
野心　20

・適性
歩兵　A
騎兵　A
弓兵　C
魔法兵　C
築城　C
兵器　C
水軍　C
空軍　C
計略　B

総指揮官を務めているだけあって、有能な人物のようだ。

とステータスを見て思ったが、彼の放った暗殺者が、鑑定結果を偽装していたことを思い出した。

鑑定結果の偽装の方法をボロッツも知っているのかもしれない。

名前に関しては、誤魔化す必要はないので、そのままなのだろうが、ステータスに関しては鵜呑《うの》みにしない方が良さそうである。

「お元気そうで何よりです。体調を崩されたとお聞きしたので、心配しておりました」

「お気遣い感謝いたします。ご覧の通り、今は健康そのものです」

精一杯演技をして、私はそう言った。

正直、健康からは程遠い状態であるが、何とか元気なふうを装うくらいは出来る。

このままボロが出ずに済ませられればいいのだが。

前世ではサラリーマンとして、体調が悪くても出勤する羽目になっていた。

空元気を出すのは、得意な方である。

「此度《こたび》は出兵の件でカナレ側を不安にさせてしまい、誠に申し訳ないと思っております。カナレを攻める意図はなく、野盗退治のために出兵したのだと、固く誓います」

ボロッツは頭を深々と下げてそう謝罪をしてきた。

嘘偽りでなく、本音で言っているようにしか見えない。大した演技力だなと思う。まあ、今回は言っている内容が内容だけに、信じることは流石に出来ないが。

「顔をお上げください。今後は野盗退治をする際は、前もって通告してください。それと……兵について進軍を停止されましたでしょうか？」

「はい、そちらに関しては指示はいたしました。一刻も早く野盗を退治したいところではございますが、このような状況になっては致し方ありませんしね」

兵の進軍について、停止の命令を出したとボロッツは断言した。嘘をついているようにはやはり見えないが……でも、信用することもやっぱり出来ない。

「ご対応ありがとうございます」

とりあえず聞きたいことは聞けたな。

正直、体がきついし、早く終わりにしたいのだが。

体調が良くないのに良いように振る舞うのは、想像以上に体力、精神力ともに消耗してしまう。

「今後もお互い平和に過ごしていきましょう」

「もちろんです」

ボロッツが笑顔でそう言ってきたので、私も笑顔で返答した。

暗殺しようとしたくせに、どの口でそんなこと言ってるんだと思うが、当然口には出さない。

「しかし、カナレ郡長が十代前半であるという情報は、半分冗談だと思っていたのですが、本当のことでしたね。何やら人材を見抜く力に長けているとか」

世間話を振ってきた。早く終わりにしたいが、焦って終わりにしたら、怪しまれかねない。

一応、対応しなければ。

「いえいえ、私自身は能力のない人間ですから。いつも家臣たちに、助けられてばかりで」

「ご謙遜を。有能な人材を見抜けるなど、領地経営をしている者なら、誰だって欲しい力ですよ。しかし、ローベント殿のそのお力、まるで古《いにしえ》より伝わる、鑑定眼の持ち主のようですな」

「鑑定眼……？」

私の鑑定スキルのことを言っているのだろうか？

古より伝わると言ったが……まさか、過去にも鑑定スキルを持っていた者がいたのか？

正直、自分の力に関しては、まだ知らないことが多い。

色々、書物を読んでもみたが、手がかりになるような情報を得ることは出来なかった。

「はい、かつて、サマフォース大陸には、三種の眼力を持つ者たちがいたそうです。戦術眼、予知眼……そして鑑定眼の三つです。まだサマフォース帝国が出来る前の話ですが、彼らは戦で大きく活躍したと聞きます」

ボロッツはそう語った。

嘘か本当か判断しかねるが、サイツ州の軍を任されているほどの人物なので、知識量は多いだろう。私の知らない事も多く知っている可能性は高い。

「初めて聞く話ですね。でも、私はそんな大それた力は持っていませんよ。他人より人を見る眼《め》はあると思いますが、これだけ優秀な人材に恵まれたのは、運の良さもあると思います」

素直に自分にそんな力があるとは言わなかった。

ボロッツは私の暗殺を企んだくらいなので、はっきり言って敵である。情報はなるべく流すべきではないだろう。

まあ、ボロッツは、私に鑑定の力があると、分かったうえで言ってきてはいるんだろうけど。

「これはまたご謙遜を。ローベント殿のお力が、古より伝わる鑑定眼かどうかは分かりませんが、それに匹敵するくらいのお力であると思いますよ。私も欲しいくらいです。しかし、強い力には落

「はい、噂に聞くところ、自身の鑑定結果を誤魔化す何らかの方法が存在するようでして……良からぬ者が悪用せぬとも限りませんから」

「落とし穴？」

とし穴もございます」

ボロッツはそう言った。

どの口でそんなこと言うんだと、流石にムカついた。

お前のせいで今こんなに苦しい思いをしてるんだぞ。

「どの口がそんなことを……」

後ろから恨みがこもったつぶやきが聞こえて来たので、私はチラッと見てみる。

リーツがかなりの殺気を発していた。

笑顔のままだが、付き合いもいい加減長いし分かる、あれはブチ切れている。

今にも飛びかかって殺しに行きそうな感じだ。流石にそんなことはしないだろうが……。

自分よりキレている人がいたので、ちょっとだけ冷静さを取り戻す。

やはりボロッツも鑑定結果を誤魔化す方法を知っている可能性が高そうだ。

しかも、この口ぶり、脅しているのか？

今後も人材発掘をする際には、ナターシャのような者を送り込んでくると、宣言しているように私は聞こえた。

鑑定結果が信用できないとなれば、正直使いづらい能力である。

暗殺者を潜り込ませたり、もしくは無能な者を有能に装わせて、家臣にさせたりとか出来るからな。

時間で偽装の効果が切れていたので、何度も鑑定すれば、いつか本当のステータスが分かるとは思うが……それでも今まで通り気軽に人材発掘は出来なくなる。

改めて面倒な事態になったものだと思う。

魔法兵とかもっと集めたかったのにな。

ボロッツから今後取引をして聞き出すか……それともナターシャを捕まえるかして、鑑定結果を偽装する方法を聞き出せれば対処法も分かるかもしれないが……。

「ご忠告ありがとうございます。確かに自分の力を過信するのは、良くありませんね。その良からぬ者に、痛い目に遭わされることも、時にあるでしょうから」

皮肉をこめてそう言った。

「アルス・ローベント殿、あなたにもう一つお願いがあるのですが、お聞きいただけますか？」

お願い？

この男からの願いなど、聞く余地は正直ないのだが。

というか、早く会談を終わらせてほしい。流石に体がきつい。ダルいし、熱も出てきた感覚がある。ちょっと気持ち悪いし。

ただ、ここで急に切り上げるのもちょっと不自然だ。聞くだけ聞くか。

「お願いとは何でしょうか？」

「以前もお誘いしたと思いますが、アルス殿さえ良ければ、ミーシアン州とは手を切り、サイツ総督閣下に仕えてみませんか？　以前までとは状況も色々と変わりましたし、そちらの方がローベント殿にも、色々とメリットがあると思います」

いきなりの勧誘だった。

暗殺など企てておいて、何を言うんだと思った。

向こうもダメ元で誘ってきてるんだろうけど。

「前にもお答えしましたが、私はクラン様に忠誠を誓っております。サイツ州にお仕えすることはできません」

「今、ミーシアンはサマフォース帝国から独立などという、サマフォース帝国に弓を引く行動をとっており、サイツ総督閣下もご立腹です。到底容認など出来ません。隣接している州への侵略を意図しての独立宣言だと判断されれば、閣下は事前にそれを阻止するという決断を下されるかもしれません。もし戦になれば、ミーシアンは外交上不利になります。独立宣言を容認する州など、どこにもないでしょうから。見限るなら早めになさるに限ると私は思いますよ」

ボロッツはそう語った。先ほど平和を維持しようと言ってきたのとは裏腹に、今後戦になる可能性があると言ってきている。

彼の言葉にも一理はある。

クランの独立宣言については不可解な事も多い。現状では、ミーシアンが包囲されて攻め落とされる可能性は低いとはいえ、状況が変わればそうも言えなくなる。

ミーシアンが攻め落とされれば、ローベント家の立場がどうなるかは、分からない。処刑される可能性だってもちろんある。

クランには色々優遇して貰っているので、なるべく彼に仕えていたいが、それでもローベント家の無事が保証されるなら、裏切りも選択肢のうちの一つには入ってくる。

サイツに乗り換える利点はいくつかあるが、やはり信用できない相手に仕えることは出来ないし、ここは当然断るべきだろう。

「すみませんが、何度来られても私の心は変わりません。今後もクラン様に仕え続けていくつもりです」

「そうですか。流石にすぐには判断しかねますよね。サイツはいつでも歓迎するということだけは言っておきます。こちらとしても、前回は戦でローベント殿には手痛い目に遭わされました。味方になってくれるならこれほど心強いことはありません」

ボロッツは苦笑いを浮かべながらそう言った。

「それでは今日はお時間をいただきありがとうございました。そろそろ失礼させていただきます。出兵の件に関しては改めて謝罪いたします。申し訳ありませんでした」

「いえいえ、こちらこそわざわざご足労いただきありがとうございました」

こうしてボロッツとの面談は終了した。

○

ボロッツが帰っていき、何とか面談を終わらせることは出来た。

「リーツ。私はいつも通り振る舞う事が出来ていたか？」

「ばっちりでしたよ。僕の方が怒りを押し殺せていたか、少し不安ですね」

「それは間違いないな」

仮にリーツが怒っているとばれても、特に問題はないだろう。

こちらが怒っている原因については、向こうも良く知ってるだろうからな。

「流石にちょっと疲れたから、寝室に行く……」

「あ、はい、お供いたします！」

私はリーツと一緒に寝室に向かった。

○

会談を終わらせた後、ボロッツはプルレード砦へと帰還していた。

（完全に解毒が成功した……というわけではなさそうだったな。時折苦しそうな表情を見せる時があった。しかし、大幅に症状を緩和できたのは事実のようだ。ゼツは一ヵ月ほどで死ぬと言っていたが、少なくとも死んでいないのは事実だし、会話することは可能なくらい症状も軽い）

馬に乗りながら、先ほどの会談について考えていた。

（完全に解毒が成功していないということは、また悪化していくという可能性もあるが……いや、恐らくアルス・ローベントは死なないだろう。目が死んでいなかった。解毒する方法を見つけた可能性がある。家臣たちが動揺しているという感じでもなかった……）

自分の戦略の失敗をボロッツは悟った。

（まあ、鑑定眼自体を使いづらくさせただけで、とりあえずは良いとしておこう）

会談で、アルスの能力について詳しいふうを装って話をしていたのは、意図してのことだった。そうすることで、今後は人材発掘をする際、サイツからの密偵かもしれないという事を警戒せざるを得ないので、人材を発掘することが難しくなる。

実際は、ボロッツはゼツからちょっとだけ話を聞いただけで、全く詳しくはない。結局、鑑定結果を偽装する方法も、教えては貰えなかったので、密偵などを送り込むことは不可能である。

（ただ……現時点でローベント家の戦力が非常に強力なのも事実だ……特に魔法兵が厄介だ。野戦ならまだしも、攻城戦だと、強力な魔法兵が存在するだけで、一気に落としにくくなる。経済も順調のようで、資源も豊富にあるだろうし、カナレを計略なしで落とすのは、難しいだろうな）

カナレは落とせない。ボロッツはそう結論を出した。

(一度、総督閣下と話をするべきだな。ミーシアンとの戦は恐らく避けられないはずだ。今後どういう戦略を取るべきか、献策をしなければ)

○

面談が終了して、数日後。

サイツ軍はあの後あっさりと撤退していった。

こちらから要請したとはいえ、あまりにもあっさり撤退していったな。

野盗退治という建前がある以上、もうちょっと粘ると思ったが。

まあ、引くと決めたら、早い方が良いしな。兵糧《ひょうろう》も無駄になるし。

とにかく、民も私の無事を信じてくれたようだ。

これで戦を回避するという目的は達成できた。

ひとまずは安心していいが……。

あとは私の毒を本当に解毒できるかだな。

体調に関して……正直、まただいぶ悪化してきている。

立つのも苦しい。苦痛で眠れない状態が続くときもあるので、体力をかなり消耗した感じがする。

流石に限界が近づいてきているのを感じた。

気合で何とかするにも限度があるし、早くヴァージが帰ってこなければ本当に死んでしまうかもしれない。

何とか耐えながら、数日が経過した。

ヴァージがカナレ城に帰還した。


「それじゃあ解毒魔法使うよ～」

シャーロットの気の抜けた声が聞こえてきた。

私は今野外にいる。もう歩くのも難しい状態なので、リーツに運ばれて外に出た。

解毒魔法は大型の触媒機を使用する。城内には運び込めないので、野外で行うことになった。

現在季節は冬だ。厚着をしているが、それでも少し寒い。

妻のリシア、リーツを始めとした家臣たちが、固唾を飲んで見守っている。

シャーロットが解毒魔法の呪文を唱え、魔法を発動させた。

光が私の体に降り注ぎ、一気に症状が緩和されていく。

そして、体を蝕《むしば》んでいた症状がすっかりなくなった。

「ど、どうですか？　アルス？」

リシアが心配そうな表情で尋ねてきた。

「一気に楽になった……こんなに体が楽になったのは久しぶりだ」

「ほ、本当ですか？」

体力がだいぶ落ちていたので、すぐに歩けるようにはならなかったが、ちょっと休養すれば歩けるようにもなるだろう。

家臣たちから歓声が上がる。

「よ、喜んでいるところ水を差すようだけど、数日は様子見ないと完治したとは言い切れないと思うよ」

ロセルが冷静な意見を言った。確かに彼の言う通りである。

解毒魔法で症状が緩和することは分かっていた事なのだ。

油断することは出来ない。

ただ、自分の感覚では、以前解毒魔法を使われたときは、まだ若干体に違和感があったのだが、今回は完全に症状が消え去ったという感じがする。

今回は解毒に完全成功した。そんな確信があった。

ロセルの言葉通り、まずは一週間ほど様子を見た。

一週間経ち、私の体調は回復の一途をたどり、症状が再発することもなかった。

私が確信した通り、解毒に完全に成功したようだ。

エピローグ

解毒が成功し、落ちていた体力もほとんど元に戻った。

今の私は十代だし、体力が戻るのもかなり早かった。三十代とかで、毒を盛られてたりしたら、一生体力が戻らなかったかもしれない。

会議も長く休んでいたが明後日には復帰する予定だ。私がいなくても会議自体は、滞りなく進むだろうが、ローベント家当主としてやはりちゃんと参加しておかないとな。

「あの、アルス……本当に大丈夫なんですよね……」

リシアは本当に解毒に成功したのか、非常に不安そうにしていた。

「ああ、見ての通りもう大丈夫だ」

「ほ、本当ですよね……いえ、すみません。もう解毒魔法を使用してからだいぶ経って、症状が再発してないのは分かってるんですが、どうしてもまた再発しないか不安で……」

長い間治らなかったので、リシアは本当に治ったのか疑心暗鬼になっているようだった。

それだけ心配をかけてしまったわけでもある。

まあ、本当に解毒されたのか、検査の方法が存在しないので、再発の恐れは残っているが、流石に一週間何もなければ大丈夫だと思いたい。

毒がまだ体に残っているのなら、一週間あれば何らかの症状が出てもおかしくはないからな。

「大丈夫だ。あれだけ多くの魔力水を使って、シャーロットが解毒してくれたんだ。もう再発することはあるまい」

リシアを不安にさせないよう、私はそう断言した。

「そ、そうですわよね……不安になってばかりではいけないのに、わたくしったら……」

そう簡単に不安は解消されないようで、リシアの表情は明るくはならなかった。

これぱかりは時間が解決してくれるのを待つしかないだろう。

「会議には明後日から復帰されるんですよね？　今日と明日はゆっくり休まれますか？」

「そうだな……あ、いや、やることがあった」

「何ですか？」

「父上の墓に参りに行こうと思う。だいぶお世話になったしな」

魂だけになった時のことは、解毒が完了した今でも、はっきりと覚えていた。

父の言葉がなければ、私は生き残れなかっただろう。改めてお礼を言わなければならない。

父の魂は、多分前世の私みたいに別の人間に転生しているので、墓に参っても言葉は届かないかもしれないが、それでもやっておきたかった。

「お墓参りは構いませんが……義父上《ちちうえ》にお世話になったというのは、どういうことなんですか？」

「えーと、そうだな……信じられないことかもしれないけど……」

私はリシアに、父と会話したときのことを説明した。

「そ、そんなことが……義父上はアルスの事をずっと見守っていらしたんですね……っていうか……魂だけになったって、本当に死んじゃう寸前まで行ってたってことじゃないですか⁉」

リシアは青ざめた表情でそう言った。

「え……？　ま、まあそれはそうだな……そこを父上に助けられたというか……魂がちゃんと体に入ったから、こうして生きてるわけだし……」

「そ、それは感謝しないといけませんね……」

突拍子もない話をリシアは信じたようだったが、そのせいで余計な心配をかけてしまったようだ。

「お墓参り、わたくしも一緒に行っていいですか？」

「墓の場所はちょっと遠いけど、いいのか？」

「問題ないですわ！」

「じゃあ、一緒に行こう」

リシアの申し出を断る理由はなかったので、快諾した。

父の墓はカナレではなく、ランベルクにある。

私が郡長になった際、カナレ付近に墓を移すという話もあったが、一番慣れ親しんでいる地である、ランベルクに残すことにした。父の命日には、必ずランベルクに行って墓参りをしていた。

「それでは出かける準備をしようか」

「はい！」

私はリシアと共に、墓参りに向かうことに決めた。

「兄上と姉上！　あそぼーって……あれ、どこか行くの？」

外出の準備をしていると、クライツが元気な様子で部屋に入ってきた。クライツに続き、レンとペットのリオも入ってくる。

「ああ、ちょっと父上の墓参りに行くつもりだ」

「父上のお墓参り？　俺たちも行く！」

「兄様、姉様、行っていいの？」

クライツとレンがそう頼んできた。

「ふふ、そうですね。皆で行きましょうか」

リシアが微笑みながら返答する。


「「やったー！」」


クライツとレン、それからリオも参加することになった。

もちろん護衛もいないといけない。

護衛はブラッハムとザットに頼んだ。

準備を終え、私たちはランベルクにある父の墓へと向かった。

○

カナレ城を出発して、数時間後。

ランベルクは近いのでその日のうちに到着した。

ランベルクには久しぶりに来た気がする。

まあ、長い間毒で苦しんでいたし、毒に冒される前も、忙しい日々が続いていたので、行く機会が少なかった。

墓はランベルクの屋敷の近くに建てられている。

屋敷を訪れたのも久しぶりだった。

「いや〜、部下に仕事を任せて飲む酒は美味いね〜。極楽極楽！」

白昼堂々、酒を飲んでいるミレーユの姿があった。

クメール砦《とりで》で戦の指揮をする準備をしていたミレーユだったが、サイツ軍が撤退したことで本来のランベルク代官の仕事に戻っていた。

様子を見る限り、まともに仕事をしてはいないようである。

「ミレーユ。あまりサボりすぎてると、代官を別の人物にするぞ」

「あれ？　坊やだ！　いやだな〜、別にサボってないよ〜。さっきまで仕事してて、今休憩中なだけだって！」

「さっきの呟《つぶや》きはちゃんと聞いていたからな」

「う……わ、分かったよ。真面目にやるよ。明日から」

「今日からやれ」

「はいはい」

不真面目そうに返事をした。やっぱりミレーユに任せておいたのは間違いだったか？

「てか、坊やは何でランベルクにいるの？」

「お墓参りに来たのだ」

「何でまた」

私は父と霊体になって話していた時の事をミレーユに説明した。

「へー、不思議なこともあるもんだね」

と信じてるのかいないのか分からないような反応を、ミレーユはする。

「坊やの親父《おやじ》さんとは直接話したことはないけど、昔見かけたことはあったね。物凄い目つきをしてたから、近寄りがたくて話しかけはしなかったけど」

「それ父上も似たようなこと言ってたぞ。ミレーユは昔、近寄りがたい雰囲気だったたって」

「はぁ？　そんな事ないでしょ、そりゃ確かに昔はちょっと尖《とが》ってたけど、街を歩けば誰もが振り返るような美少女だったよアタシは」

ミレーユはだいぶ不服なようだった。

「じゃ、アタシは仕事するから屋敷に行くよ。別に屋敷の中でサボろうって考えじゃないからね」

そんな事を言いながらミレーユは屋敷に戻っていった。

あれはサボるつもりだな。

「相変わらずですね、彼女は……」

リシアが呆《あき》れたような表情を浮かべる。

それから父上の墓に到着した。

「父上～、来たよ！」

「クライッ！　お花あげないと！」

クライツは無邪気にはしゃいでいる。レンはそんなクライツをたしなめていた。

墓の前に立ち。

――父上、ありがとうございました。これからもローベント家の当主として、精一杯努めてまいります。

心中でそう誓った。

「義父上は、早くに亡くなってしまわれましたよね……」

「そうだな……」

「アルスは長生きしてくださいね」

「ああ、必ず長生きする。絶対にリシアより早く死んだりはしない」

私は宣言した。

その後、ランベルクの屋敷でゆっくりと一日を過ごし、一泊してカナレ城へと帰還した。

○

翌日、会議が行われた。

久しぶりに私も参加する。体は相変わらず絶好調だ。長い間、体調が悪かっただけに、どこも悪いところがないというだけで、めちゃくちゃ体が軽く感じる。

「アルス様、ご復帰おめでとうございます」

会議を始める前に、リーツが言ってきた。

ちょっと涙ぐんでいる。というか、泣き始めた。

「よがっだ、よがっだよおおおぉぉぉ」

隣のロセルは号泣していた。最近彼の泣き顔を見ていなかったので、久しぶりに見たような気がする。

「みんな心配しすぎなんだよなぁ。わたしは最初から死ぬわけないって思ってたよ。まあ、解毒に

成功したのはわたしの魔法があったからなんだけどね」

シャーロットは相変わらずだ。ちょっとドヤ顔している。

彼女がいないと助からなかったのは事実だ。もちろん、毒の魔法水を仕入れてくれたヴァージにも感謝しなければならない。

「みんな、心配をかけてすまない。これからはもっと注意して、二度とこのような事にならないようにする」

「そ、そんな……このような事を起こさないようにするのは、僕の仕事です！　もう二度と、アルス様を危険な目に遭わせはしません。誓います」

リーツは責任を感じているのか、そう言ってきた。彼にはほかにも色々仕事があるので、私の護衛だけに気を取られるわけにはいかないだろうし、仕方ないと思うが。

自衛の心は常に持っていないと、この世界では生きていけないだろう。日本みたいに平和な世界ではないのだから。

「さて、それでは会議を始める」

私がそう宣言し、久しぶりの会議が始まった。

議題はいつも通り領地に関するちょっとした問題や、領民からの陳情をどうするかなどだった。

家臣たちが話し合って、正しい答えを導き出していく。

私は聞くだけになることが多いが、最終的な決断は下していた。

「そう言えば、シャドーは今どうしているの？　まだ暗殺者のゼツだっけ？を探してるの？」

ロセルが、リーツに尋ねた。

ファムたちは私に毒を使った暗殺者を捜索していた。

ちなみに鑑定結果ではナターシャと出ていたが、暗殺者としてはゼツと名乗っているらしい。ファムも本名は違ったし、本名と呼び名を変えるケースは多いのだろう。

今後はゼツと呼ぼう。

「まだ捜索中だ。ローベント家の当主を暗殺しようとした相手を放っておくのは、ローベント家のメンツにかけて許せない。それに、奴はアルス様の鑑定の眼《め》を誤魔化す何らかの方法を使って、アルス様に近づいたらしい。サイツがその方法を知っている可能性がある以上、こちらもその方法を知らなければ、アルス様のお力が使いにくくなる。ゼツを捕らえて聞き出すのが、一番手っ取り早い」

リーツが説明した。

若干私怨も入ってる気がするが、確かに一理はある。難しいかもしれないが、ゼツを捕まえ、鑑定結果の偽装方法を聞き出すことができれば、今後の人材発掘もしやすくなる。

「うーん、捕まえられるかな？　でも、捕まえた方がいいのは事実だし、捜索はした方がいいよね。シャドー全員で探すと、前みたいに街で工作活動を行われかねないから、人員を減らした方がいいと思うよ」

「それはそうだね。指示を出しておくよ」

ロセルの提案にリーツは同意した。

ゼツが見つかると良いのだが。

偽装が解けた後の鑑定結果も高く、有能な人物なのは間違いないから、もしチャンスがあれば家臣に……というのは流石に考えが甘いか。

その後、特に変わった議題も上ることなく会議は終了した。

体調は完全に戻っていたので、特に問題なくこなすことはできた。

元々そんなに体力を使うわけでもないしな。

こうしてローベント家は危機を何とか脱して、日常に戻ることができた。


——数日後。


その日もいつも通り朝起きて、食事を取り、書斎で他家からの書状に対する、返答の書状を書いていた。

そんな時だった。

「アルス様、報告があります！」

リーツが慌てた様子で書斎に入ってきた。

こんなに慌てている時は、大体悪い報告だ。そうに違いない。

サイツが攻めてきたとか、誰かが何かをやらかしたとか、私みたいに毒を受けてしまったとか。

悪い想像が一気に浮かび上がってくる。

しかし、その想像は全て間違いだった。

「シンから飛行船が完成したとの報告がありました！」

○

サマフォース帝国、アンセル州、帝都にあるとある酒場。

人が少ない酒場だった。

酒場のマスターと、それからカウンター席に二人の人物が並んで座っており、それ以外に客はいない。

そもそも店が狭く、カウンター以外に席はなかった。

客のうち一人は、フードを深く被った女だった。

そして、もう一人は仮面を被った人物。

暗殺者のゼツだった。

「あんたがしくじるなんて、珍しいこともあるものね」

フードの女がそう言った。

「別に、そういう時もありますよ。流石鑑定眼の持ち主。良い家臣に恵まれているようです」

ゼツは特に悔しそうな様子などなく、冷静な口調でそう言った。

失敗したことについては、特に気にしていない様子だ。

「その優秀な家臣に、あんた狙われちゃってるんじゃない？」

「そうみたいですね。サマフォース帝国は広いですが……少々仕事はしにくくなりそうですね」

「捕まらないよう気をつけてね」

ニヤニヤ笑いながらフードの女は言った。むしろ、捕まることを期待しているような口調だった。

「まあ、仕事の失敗で評判が落ちて、仕事は入らなそうですし、しばらくは休んだ方が良さそうですね。ラク……そっちは何かありましたか？」

「んー特に何もー。仕事は順調だし。そうだ、あんた鑑定眼の持ち主見つけたんだよね」

ラクと呼ばれた女性は、ゼツにそう質問した。

「はい」

「ローファイル州に戦術眼の持ち主っぽい女がいるんだよね。まだ十六歳だけど、めちゃくちゃ戦に強い。百戦無敗で、戦女神なんて言われててさ。それに結構美人らしいって話だよ」

「ただの戦上手な人物というだけでは？」

「それもあり得るね。でも、戦術眼って詳しくはわかんないけど、戦に勝つための何かが見えるんだよね。十六歳でそんだけ勝てるってことは特別な力がある可能性は高いよ」

「なるほど……もしその女性が戦術眼の持ち主なら、鑑定眼に戦術眼と二つの眼力を持つ者が揃《そろ》ったことになりますね。予知眼を持つ者ももしかしたら、どこかにいるかもしれません」

ゼツはコップを手に取り、酒を飲む。

「サマフォース帝国の内乱に終止符が打たれる日が徐々に近づいている。そんな気がしますね」

○

アルカンテス城。

クランは家臣たちを集めて、軍議を行っていた。

中央に円卓があり、家臣たちがずらっと座っている。

家臣たちの視線はクランに注がれていた。

クランを恐れているような表情を浮かべている。

今やクランは、ミーシアンの中での絶対的な権力者だ。

下手な発言一つで立場を失いかねない。

恐れるのも無理からぬことであった。

そんな家臣たちの中でも、毅然《きぜん》とした態度を取っている者が一人。

知将リーマスであった。

彼はバサマークの側についていたが、戦のあとも処刑はされず、クランに仕えていた。

それだけクランに能力の高さを買われていた。

「今回の議題であるが……今後サイツにどう対処していくかだ。かの州が、敵対行為をしているのは明らかであり、対策を講じる必要がある」

クランがそう発言した。

カナレから、サイツ州が兵を動かし、攻め込もうとしてきたが、最終的に撤退したという報告を、クランは受けていた。

さらに同時に、アルスの暗殺を企てた可能性が極めて高いとも、報告を受けている。

「様々な敵対行為。見過ごすわけには参りません！　ここは、攻め込んで痛い目に遭わせるべきです!!」

と血の気の多そうな家臣がそう意見した。

「いやいや、サイツがローベント殿を暗殺しようとしたというのが、本当なのか分かりませんし……結局は攻め込んでは来なかったようですから……」

反対意見も出て、議論が進んでいく。

「リーマス殿はどう思われますか？」

リーマスは質問を受けたが、数秒間沈黙を続ける。

家臣たち全員が、リーマスの言葉を固唾を飲んで見守っていた。

そして口を開く。

「サイツが敵対する意図は明らか。しかしながら、カナレには以前痛い目に遭わされたトラウマか、攻め込みにくい模様。放っておいてもよろしいかと思いますがね」

リーマスはそう意見を言った。

「国王陛下のお気持ちは、軍議を行う前から、決まっていたのではありませぬか？」

「……お見通しだな。確かにサイツは弱腰だ。攻めてくるかは分からん。しかし、アルスを暗殺しようとしたのは許しがたい行為だ。家臣が暗殺されそうになっても動かないようでは、国王を名乗る事など出来ぬ」

怒りを込めてクランは言葉を発していく。

「サイツの許しがたい行為を断罪する！　皆の者、戦の準備を始めるのだ！」

大声でそう言った。

家臣のために動くというクランの言葉に心を動かされたのか、家臣たちは意気が高揚しているようだった。

ミーシアンはサイツとの戦に動き始めていた。

軍議が終わり、家臣たちは円卓から去っていく。

最後に、クランとリーマスだけが残っていた。

「たきつけるのが相変わらずうまいですなぁ」

「お主をたきつけることは、失敗したようだがな」

「わしはもう枯れている老人ですので、戦と言われてやる気は出んのですよ」

「その割には、前の戦では、バサマークに知恵を貸していたようだが？」

「あの時も、やる気があったわけではないのですよ。聞かれたから答えていただけですわい」

飄々《ひょうひょう》とした態度のリーマス。クランは少しだけ険しい表情を浮かべている。

「そうか。ならば、今回戦になっても、聞けばいい戦術を教えてくれると思っていいな？」

「それは約束しますよ。今はクラン様の家臣ですからね」

クランの問いに、リーマスは頷《うなず》いて返答した。

「今回の戦には反対のようだな」

「さっきも言った通り、わしはもう老いたので、戦となるとやる気が出んのです」

「本当にやる気だけの問題か？」

「………あとはそうですな。本当に勝てるのか、疑問に思っているだけです。戦に負けると、得な事は何一つないですからのう」

「サイツは以前の大敗でミーシアンに恐れをなしているだろう。こちらは攻める口実をサイツが作ってくれたおかげで、味方の士気が高い。勝算は高いはずだ」

「それはそうですがね。クラン様はミーシアン独立という大事をやって、まだ時間が経っておらぬ。すぐにサイツを攻めては、ほかのサイツ以外の州から、強く警戒され、潰されてしまうかもしれませんぞ」

「確かにもっと外交工作など行った後で、戦はすべきだと思っていたが、サイツが暗殺などという手を使ってでも、ミーシアンを害してきているのは間違いない。早く叩《たた》かねば増長するだけだ」

クランは怒りの表情をにじませていた。

アルスが暗殺されそうになったということが、許しがたいと言ったのは、まぎれもない本心であった。

「そのローベント殿には、平和のために独立をしたと説明したのではないですか？」

「それは別に嘘《うそ》ではない。私は平和を求めている。だが、戦わずして平和など訪れることはない。それだけの事だ」

「……戦っても平和が訪れるとは、限りませんがのう。少なくともわしは長く生きて、ずっと戦ってきたが、平和な時代はついぞ拝めそうにない」

リーマスは少し寂しそうな表情を浮かべた。

「とにかくああ言った以上、後戻りは出来ん。戦になったらお主にも協力してもらうぞ」

「それはもちろん、わしに出来ることは全てやりますよ」

二人の話し合いはそこで終わり、クランとリーマスは部屋を後にした。

Kラノベブックス

転《てん》生《せい》貴《き》族《ぞく》、鑑《かん》定《てい》スキルで成《な》り上《あ》がる6
～弱小領《じゃくしょうりょう》地《ち》を受《う》け継《つ》いだので、優秀《ゆうしゅう》な人材《じんざい》を増《ふ》やしていたら、最強領《さいきょうりょう》地《ち》になってた～

未《み》来《らい》人《じん》A《エー》

2024年3月29日第1刷発行
2024年9月20日第2刷発行

発行者　森田浩章
発行所　株式会社 講談社
〒112-8001　東京都文京区音羽2-12-21
電　話　出版　(03)5395-3715
販売　(03)5395-3605
業務　(03)5395-3603
デザイン　AFTERGLOW
本文データ制作　講談社デジタル製作
印刷所　株式会社KPSプロダクツ
製本所　株式会社フォーネット社

KODANSHA

ISBN978-4-06-535406-3　N.D.C.913　275p　19cm
定価はカバーに表示してあります

ファンレター、
作品のご感想を
お待ちしています。

あて先　〒112-8001　東京都文京区音羽2-12-21
(株) 講談社　ライトノベル出版部 気付
「未来人A先生」係
「jimmy先生」係